JEAN PASSERAT

POÈTE ET SAVANT.

JEAN PASSERAT

POÈTE ET SAVANT

PAR

CHARLES DES GUERROIS.

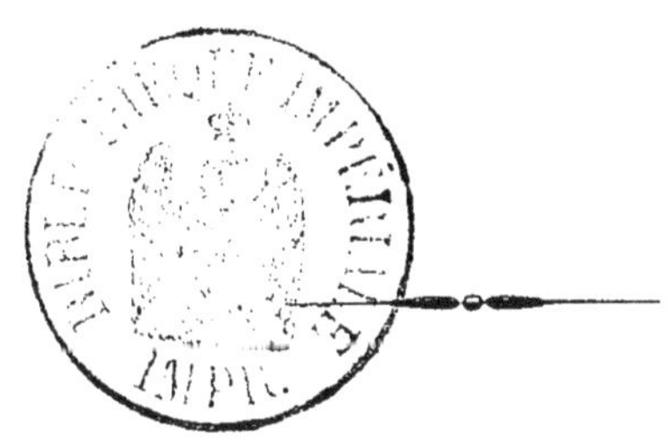

PARIS

LEDOYEN, PALAIS-ROYAL, GALERIE D'ORLÉANS.

SCHULZ ET THUILLIÉ, LIBRAIRES-COMMISSIONNAIRES,
Quai des Augustins, 7.

1856.

PRÉFACE.

On rencontre dans l'histoire littéraire un petit
nombre de personnages qui ont le privilège charmant de rester toujours jeunes malgré les années
survenantes : ils donnent, ces heureux, un démenti
à Montaigne, et, quoique les rides leur viennent
au visage à l'heure dite, il n'y en a pas trace à
leur esprit. Ils ressemblent à ces vieillards aimables comme chacun est heureux d'en avoir quelques-uns dans ses souvenirs, qui tout naturellement et sans y faire effort, cachent sous un sourire les trésors de l'expérience acquise et de la
sagesse croissante.

Ces heureux de l'histoire littéraire, on les trouve
volontiers parmi ceux qui ont fait descendre un
rayon de poésie sur la science ; la science, qui est
aussi de la sagesse, tempère le rayonnement de

l'esprit qui seul serait peut-être un peu trop vif;
le rayon de miel, comme dans Homère et dans
Théocrite, va bien à côté de la coupe où le soleil
fait étinceler le vin doré.

Passerat, dont nous voulons dire ici quelque
chose, quelques savants aimables de notre Académie des Inscriptions, l'abbé Fraguier, l'abbé Gédoyn, l'abbé Barthélemi, quelques savants allemands et hollandais que je nommerais bien ici si
j'espérais qu'on me le pardonnât, Ruhnkenius,
Wittenbach, Creuzer, dont on a des souvenirs attachants, donnent idée du genre d'esprit que j'essaie de caractériser dans ces lignes.

Voilà Passerat : deux cent cinquante ans se
sont écoulés depuis sa mort; ses vers ont maintenant trois siècles de date — c'est bien vieux
pour des vers qui ne sont pas des vers antiques —
et pourtant, sans effort et sans peine nous revenons à lui : plus volontiers nous revenons à ce
savant qu'à bon nombre de ses contemporains qui
ont été uniquement poètes; Amadis Jamyn, Remi
Belleau, Baïf lui-même, quoiqu'ils aient eu (les
deux derniers) les honneurs de la Pléïade, ne
nous attirent pas ainsi : c'est que Passerat a pour

lui le sourire de sa sagesse, la bonne humeur inaltérable de sa science solide.

Voilà pourquoi je demande à peine grâce pour
avoir essayé, non pas de faire revivre une figure
toujours très-vivante, mais pour avoir essuyé le
cadre de chêne fort simple et à peine ciselé qui la
fait ressortir, et la toile point usée, point trouée,
sur laquelle sont imprimés ces traits gaulois, depuis deux siècles et demi salués au passage par
bien des générations qui redisent ce chant de la
vingtième année et de plus tard :

> Or, que le ciel est le plus gay,
> En ce gracieux mois de May
>   Aimons, mignonne,
> Contentons notre ardent désir ;
> En ce monde n'a du plaisir
>   Qui ne s'en donne.

JEAN PASSERAT.

Passerat est parmi les renommées particulièrement chères que nous a léguées notre grand seizième siècle, une de celles qui tout d'abord attirent le plus vivement, et qui, après vous avoir ainsi attiré, vous retiennent le mieux. Il a allié ce qui ne se rencontre que rarement ensemble, la poésie et la science, et, ce qui est d'un accord plus difficile encore et plus rare, la poésie qui chante et la poésie qui s'égaie et sourit. Celle-là s'appelle de son vrai nom l'*esprit* : Voltaire l'a connue et réalisée dans son charme le plus attrayant ; Passerat l'a eue aussi, et il semble en vérité par instants, quand on lit le poète champenois et parisien du seizième siècle, que l'on ait affaire à un ancêtre de Voltaire. La *Métamorphose d'un homme en Oiseau* est bien sortie en effet d'une plume parente de celle qui a écrit le *Mondain* et ces jolis contes si ingénieusement faciles où se plaisent ceux même à qui la poésie philosophique ou dramatique de Voltaire est antipathique au point de vue de l'art simplement, ou aussi à tous les autres points de vue. Tomber sur Passerat, c'est souvent une diversion heureuse à la lecture de quelques poètes ses contemporains, fort alambiqués, très-pindariques et parfaitement ennuyeux. Lui n'est nullement alambiqué, nullement pindarique, et pas le moins du monde ennuyeux. Il écrit parce qu'il a quelque chose à dire et que la muse le pousse, non pas parce que tel poète d'Athènes ou de Rome, mort il y a deux mille ans, a fait une ode ou une élégie en strophes de six vers et en vers alcaïques ou saphiques, et qu'il faut à tout prix l'imiter. Il ne fait point tourner son léger traîneau, comme un char antique, autour de la borne olympique, au risque de s'y briser. Il ne se pique point de ces belles émulations, il laisse Pindare en repos, et si quelquefois Horace fait vibrer en lui quelque chose, c'est surtout quand Horace mettant de côté les ambitions et les ailes, et oubliant tous les ancêtres de Mécène, toutes les victoires d'Auguste, se range au *sermo pedestris* et chemine en rêvant ou causant sur la Voie Appienne : il semble en vérité que du cabinet où Passerat écrit ses poésies gracieuses, on entende à travers la cloison mince quelque causerie dans la pièce voisine. N'est-il pas piquant que souvent les poètes de cette Champagne (je parle de ceux du seizième siècle) soient les spirituels? Car, chose bien à remarquer, on trouve plus d'esprit proprement dit chez Passerat, Larivey, La Fontaine, qui sont des champenois, que chez presque tous leurs contemporains. Le *Homo emunctæ naris* semble avoir été fait pour eux.

Passerat est un personnage important et auquel il faut regarder de près dans l'étude de la littérature du seizième siècle; un poète qui a connu Daurat, Baïf et Ronsard, un érudit qui a vécu sur le pied de l'intimité avec Marc-Antoine de Muret, un professeur qui représente au Collège Royal les études latines comme Jean Daurat, Turnèbe et Lambin y avaient représenté les études grec-

ques, qui rassemble autour de la chaire précédemment
illustrée par Ramus les plus nobles intelligences de l'é-
poque, tout un auditoire empressé de recueillir les parfums de l'antiquité versés par une main savante, un tel
homme veut être abordé avec quelque respect — pas
trop gravement cependant — et il serait le premier à nous
demander un peu de cet enjouement qu'il avait lui-même
jusques dans la cécité et sous le coup de la paralysie.

I.

Jean Passerat était né à Troyes en 1534, d'un père
ami de la littérature, la cultivant lui-même, ayant pour-
suivi en divers pays la science dont ce beau siècle de la
Renaissance était si avide, et n'étant venu qu'après divers
voyages chercher en Champagne un foyer paisible et une
honnête bourgeoise dont il fit sa femme. Cette bourgeoise
qui fut la mère de Jean Passerat se nommait Nicole
Thiénot. Celle-ci avait pour frère un chanoine de la
cathédrale qui prit comme de juste, la haute main dans
l'éducation de son neveu. En ces temps où la famille
était quelque chose, toutes les fois qu'il y avait un
prêtre, curé, chanoine ou religieux dans une famille,
l'éducation de tout enfant qui promettait était de droit
dévolue à sa haute direction : le père s'inclinait, et
l'enfant ne perdait rien dans ce rapprochement avec la
science personnifiée alors dans l'Eglise.

Le chanoine fit donc conduire à l'école chaque jour
le jeune Passerat; mais la sévérité d'un maître le dégoûta
au bout de quelque temps, et le décida à s'enfuir. Il alla
un peu loin ; car il poussa jusqu'à Bourges. C'était un
trait de caractère assez joli dans un enfant d'une douzaine

d'années peut-être, et qui nous intéresse à cet ennemi précoce du pédantisme.

De Bourges, où il ne fit pas long séjour, le jeune fugitif s'en alla à Sancerre, où il se mit au service d'un moine de Saint-Satur. Il était vaillant, ce jeune champenois, et les difficultés de la vie ne l'effrayaient pas. Là, en effet, inconnu et dans une espèce de domesticité, il dut passer des jours non sans rudesse; en vain, dans de telles circonstances, vivrait-on dans un riche pays, dans l'abondance de toutes choses, et dominant un délicieux panorama de vignes encadrées par la Loire.

Il s'en lassa, je ne m'en étonne pas, au bout de trois ou quatre mois, et revint à Troyes demander le pardon de son oncle : le chanoine, qui se rappelait la parabole de l'Enfant prodigue, fut indulgent en effet pour cette juvénile escapade. Il se contenta d'envoyer le jeune homme au collège, et l'y entretint pendant quelques années.

Du collège troyen, l'humeur du jeune Passerat, la volonté de son oncle, ou les circonstances peut-être, peut-être l'intervention de quelque ami avisé, l'envoient à Paris, où il reçoit au collège de Reims des leçons qu'il reporte bientôt à sa ville natale. Mais déjà sa réputation d'habileté et d'esprit commençait à se former et à s'étendre, et on le désirait au collège du Plessis. Passerat, pendant son séjour à Troyes, s'était concilié l'amitié savante de M. Lescot; celui-ci, ayant été nommé professeur de rhétorique au collège du Plessis, fit donner à son jeune compatriote la chaire d'humanités : là ses instincts d'érudition et de philologie vinrent déjà se révéler avec force. Il commença à se livrer avec ardeur à l'étude des plus excellents parmi les grecs et les latins, à ce point qu'il se mit à composer, nous dit-on, des *index* des mots compris dans leurs œuvres, où étaient indiqués, avec science et exactitude, les significations, transformations et variations de tous les vocables.

Nous trouvons au quatrième livre des *Eloges* de Scévole de Sainte-Marthe, les lignes que voici : « Il est bien à souhaiter que les annotations sur Cicéron, Plaute et quelques autres parmi les principaux auteurs de la langue latine, où Passerat a appliqué son soin attentif, soient mises en lumière au lieu de rester cachées dans l'ombre, au grand détriment des amis de l'étude. »

Scévole de Sainte-Marthe n'a-t-il voulu faire allusion, dans ce passage, qu'aux *Orationes et Præfationes* dont nous aurons occasion de parler plus tard? On ne peut le supposer; car les *Eloges* de Sainte-Marthe n'ont paru qu'en 1622, et le volume des *Orationes et Præfationes*, qui ne représente qu'une bien faible partie des travaux de Passerat au Collège Royal, ce que nous appellerions aujourd'hui ses *discours d'ouverture*, parut dès 1606. Le savant Sainte-Marthe avait à coup sûr sous les yeux ces *Discours* du célèbre successeur de Ramus, et ce n'est pas à cet ouvrage qu'il a voulu faire allusion. C'est donc apparemment à quelque travail du genre de celui que nous indiquions tout à l'heure, peut-être à ces leçons du Collège Royal auquel ce primitif travail de Passerat avait servi de base et d'origine. Passerat n'a pas toujours été un épicurien, en prenant à son aise avec Cicéron, Plaute et Salluste, et avec le public du Collège Royal. Comme bien d'autres, il avait eu ses années de jeunesse pénibles et forcément laborieuses.

Ce travail des années d'activité n'a pourtant pas été perdu, et quelque chose en subsiste dans un grand ouvrage philologique qui porte un autre nom que le sien, mais auquel il a fait de très-grandes améliorations.

Il existait un dictionnaire des langues comparées, œuvre d'un religieux augustin né dans l'état de Venise, et nommé Ambroise Calepin. Cet ouvrage, imprimé pour la première fois en 1503, n'était plus assez complet; il fallait le refondre et l'augmenter : l'imprimeur eut l'idée de s'adresser à Passerat, qui, en effet, en fit une nouvelle édition dans laquelle les mots de neuf langues différentes apparurent sous les formes dont les a revêtues le génie du même nombre de peuples différents. Ces neuf langues sont : l'hébreu, le grec, le latin, l'italien, l'espagnol, l'allemand, l'anglais, le hollandais et le français; c'est de la philologie comparée toute faite, et offrant à la réflexion du philosophe des matériaux tout préparés : les significations, les formes diverses, les racines, les rapprochements de son et d'apparence, vous avez tout dans ce livre qui peut renfermer des inexactitudes, mais qui n'en est pas moins un trésor.

Le nom de Passerat, sur la nouvelle édition de ce livre, était une recommandation à lui seul. Je ne sais pas pourquoi les divers biographes, qui ont la très-mauvaise habitude de se copier les uns les autres sans aucune critique, mettent en doute que Passerat ait réellement travaillé à ce *Calepin :* ils supposent bien gratuitement, selon moi, que le libraire de Lyon a mis de son chef le nom de Passerat sur le livre auquel il voulait donner le débit. Pourquoi de son chef? Est-ce que cela ne rentre pas précisément dans l'ordre des travaux de ce savant homme? Sans doute il ne s'est pas mis, comme un mercenaire payé à tant la page, à tant la feuille, à compulser les auteurs pour y glaner des mots qui n'étaient que des mots : il les a lus dans un but plus élevé, pour y chercher la doctrine qu'ils renferment, et il a noté en passant, mais sans se détourner de son propos, les vocables qui, pour un esprit élevé, sont encore un aspect philosophique des choses, et en donnent à la réflexion une vue très-profonde. Voilà comment, bien entendu, je comprends que Passerat ait travaillé à un dictionnaire. Il a livré ses notes et son nom à l'imprimeur, et celui-ci en a tiré ce qu'il a pu. S'il y a des inexactitudes, elles sont entièrement de son fait.

On trouve de différents côtés des indications sur divers ouvrages de Passerat dont on n'aperçoit pas trace parmi les productions qui nous restent de lui. Les écrivains qui ont parlé de ce poète-*scholar,* et Grosley tout le premier, s'efforcent de faire de tel ouvrage vaguement indiqué ailleurs, un seul et même ouvrage avec telle production de Passerat classée parmi ses œuvres. Mais il faut pour cela faire violence au titre des ouvrages, et remarquons que ce procédé violent a pour résultat d'amoindrir Passerat. Est-ce perfidie? Est-ce irréflexion? Nous trouvons dans la préface de l'édition de Cicéron par Grævius, l'indication d'un *manuscrit unique des Disputes ou Disputations académiques* de Passerat sur cet auteur. Grosley veut voir là tout simplement une copie manuscrite du petit volume des *Orationes et Præfationes.* Quelle violence il faut pour cela faire aux termes! N'est-il pas plus naturel de penser que Passerat, qui avait droit d'espérer beaucoup d'années de vie encore, mais qui avait compté sans la cécité et même sans la paralysie, avait gardé dans son cabinet, pour les publier plus tard, des ouvrages dont il attendait moins pour la réputation à obtenir immédiatement : et telles seraient bien en effet des *Disputations académiques* sur Cicéron. La cécité vint, la mort ne tarda pas, et ces projets remis devinrent comme toujours des projets sans suite. De tels ouvrages étaient difficiles à éditer ; ils promettaient peu de rapport ; à mesure qu'on s'éloigna du seizième siècle, le goût public se détourna de ces volumineuses, arides et épineuses études : nul ne s'occupa plus de ces travaux d'un savant dont la personne n'était plus là pour les protéger, et avec le temps enfin, les manuscrits s'en sont perdus. Aujourd'hui ce n'est plus qu'une mention obscure dans des livres qu'on ne lit plus.

L'écrivain commençait d'être recherché, et ç'était une bonne fortune pour un collège de le compter parmi ses professeurs. Du collège du Plessis, l'intelligent adepte porta ses désirs de la science et sa vie occupée au collège du cardinal Lemoine, où, des années auparavant, dans le même siècle, avait passé la jeunesse d'Amyot, enfant de Melun, destiné à illustrer son pays, comme Passerat le sien ; mais l'un doit faire une fortune plus grande que l'autre : à l'un les riches abbayes, les honneurs de l'épiscopat, la faveur des rois qui l'auront eu pour disciple ; à l'autre, les honneurs plus modestes de l'érudition et du Collège Royal.

Au collège du cardinal Lemoine, Passerat connaît intimement Muret, l'élégant auteur de lettres et de poésies latines qui se peuvent lire encore avec plaisir. Il se lie avec Ronsard et Baïf, et les œuvres de plus d'un poète du temps, où se retrouve inscrit le nom du spirituel poète champenois, portent un témoignage durable de ces amitiés.

Mais la science faisait défaut encore à ce savant. La langue latine, si pénétrée, si imprégnée, jusques dans ses poètes, des termes et de l'esprit, de l'essence même de la jurisprudence — qui est l'expression même du génie romain — la langue latine se refusait encore par certains côtés à son intelligence, et il voulait que cette forte langue n'eût plus pour lui de mystères et de résistances.

Il aborda la difficulté franchement, comme quelqu'un
décidé à en triompher.

Il y avait alors à Bourges un grand jurisconsulte qui
est demeuré un grand nom, rare privilège dans toutes les
sciences, et peut-être plus encore dans cette science du
droit, si encombrée de docteurs. Autour de cet oracle
venaient se ranger tous les esprits, jeunes ou vieux, avides
de pénétrer dans les profondeurs, de suivre les vastes dé-
tours de ce Droit Romain, merveille de logique, de sub-
tilités, d'ordre et de chaos, de lumière et d'ombre, de
sévérité et presque de barbarie et d'adoucissements pro-
gressifs : ce docteur, cet oracle d'un siècle, c'était Cujas.

Passerat, qui était déjà un maître, s'en alla bravement
à Bourges prendre des leçons sous Cujas qui, dans des
années antérieures, avait eu également parmi ses dis-
ciples Jacques Amyot. Il est assez singulier que ces deux
hommes se suivent comme à la piste au collège du cardinal Lemoine, à Bourges, près de Cujas, et finalement
au Collège Royal. Si l'on voulait pousser plus loin, on
trouverait bien encore l'un et l'autre dans l'amitié des
rois; mais qu'Amyot a tiré de cette faveur bien meilleur
parti que son compatriote, pour s'avancer et pour s'enrichir !

Passerat était maintenant armé de toutes pièces, et il
pouvait aborder de front les auteurs de l'Antiquité latine
avec lesquels il allait passer le reste de sa vie. Pourtant,
à ce moment, il éprouve encore une fois le besoin de se
fortifier, de se retremper dans l'air du pays : il revient
parmi les siens, comme s'il prévoyait qu'il va être nécessaire. Le voici à Epernay, à la veille d'un siège. Henri
de Condé s'approche, menaçant. Passerat, à ce moment,
est investi déjà d'une telle considération, qu'on le députe
au prince pour détourner les horreurs du siège. Il réussit

dans cette mission délicate, et nous le retrouvons bientôt après à Paris, assez maître de sa nouvelle science et de ses souvenirs de Cujas, pour aborder ce grand et difficile titre des Pandectes, *De Verborum Significatione*. Un grave auditoire l'entoure : magistrats, avocats, savants, jeunesse éprise du savoir (nous sommes au seizième siècle), recueillent ses paroles comme lui-même a recueilli celle de son maître de Bourges.

Parmi ces auditeurs, un surtout fut particulièrement émerveillé, et l'admiration qu'il éprouva pour le professeur l'attira plus vivement encore vers l'homme. Henri de Mesmes, savant lui-même, et protecteur des gens de lettres (1) de ce temps-là, et de plus maître des requêtes, désira connaître Passerat : cette liaison fut bientôt de l'amitié, puis de l'intimité. Henri de Mesmes ne sut plus se passer de son ami; il voulut l'avoir à toute heure, pour jouir de ce commerce aimable, de cette conversation heureuse et de cette bonne humeur que les contemporains se sont accordés à reconnaître et à louer chez le poète érudit. De Mesmes l'attira chez lui, et l'y retint trente ans, c'est-à-dire jusqu'à la mort de son hôte. Illustre amitié qui a laissé des traces durables sur lesquelles nous aurons à revenir.

Passerat, mieux appuyé, plus sûr de lui-même et de sa fortune, allait arriver sur le théâtre vraiment digne de lui, l'asile de la science et des bonnes lettres inventives : il allait professer au Collège Royal.

La mort de Ramus, tué dans cette nuit néfaste de la Saint-Barthélemi, par les poignards du Catholicisme éga-

---

(1) Denis Lambin lui a dédié son *Commentaire* sur le premier livre de *Lucrèce*.

ré, venait justement d'ouvrir les portes à une ambition savante : une chaire était vide. Nul mieux que Passerat ne pouvait la remplir, et il arrivait à souhait.

Là, pendant bien des années, il devait expliquer avec science et nouveauté ces anciens qu'il aimait, qu'il comprenait si bien. La nouveauté consistait précisément à mettre la bonne humeur là où le pédantisme avait régné toujours, refrogné et tyrannique. Il fut bien soutenu d'ailleurs dans cette longue carrière par l'empressement du public plein de goût pour cette Antiquité que la vivacité de ce savant lui refaisait toute nouvelle, par l'amitié inaltérable de de Mesmes qui devait le suivre jusqu'à la fin de sa vie à travers les bons et les mauvais jours, par la bienveillance du roi Charles IX et de son successeur Henri III, pour qui il écrivait son poème du *Chien Courant,* comme Florent Chrestien traduisait pour Henri IV la *Vénerie d'Oppien.*

Une chaire au Collège Royal occupée pendant trente années consécutives, les mois et les années qui s'en vont doucement dans de nobles travaux que l'on sait faire pas trop assujétissants et concilier avec ses aises — on savait déjà cela au seizième siècle, et Passerat savait, chose moins commune, l'art de le faire passer avec un sourire — les jours qui s'écoulent près d'un ami attentif, sous le toit hospitalier d'un magistrat riche et heureux, dans une maison où passent, s'entretenant ensemble des choses qu'on aime, les hommes du commerce le plus sûr, les membres de la magistrature française, et les hommes du commerce le plus aimable, ceux qui aiment les lettres sans en faire métier, cela paraît composer un ensemble de vie facile et doux où il n'y a qu'à envier.

Cela nous semble ainsi à distance en effet; mais de près, les épisodes attristants, et quelquefois les épisodes terribles, apparaissent aux yeux plus attentifs : ces jours calmes du savant renfermaient bien des heures troublées; Passerat, toutes les fois qu'il montait dans sa chaire, devait se souvenir que c'était celle de Ramus, et il pouvait voir encore sur les murs les gouttes de ce sang versé par des mains impies. Et quand le souvenir de la Saint-Barthélemi, déjà lointain, s'effaçait de plus en plus et disparaissait des esprits, des journées de menace ou d'horreurs venaient rafraîchir dans les pensées la mémoire et la crainte. Les barricades, la fuite du Roi, le massacre des Guise, les scènes sanglantes de la Ligue et du Gouvernement des Seize, le siège de Paris, la famine, les discordes intérieures, plus redoutables que l'épée du roi conquérant de son royaume, toutes ces terreurs passaient successivement sur la ville, remuaient tous les citoyens, et tenaient en haleine jusqu'aux plus paisibles. En vain les hommes d'étude comme Passerat auraient voulu se réfugier dans la science : les livres alors étaient un rempart insuffisant contre le choc des évènements, contre les rigueurs de la vie. A de certains moments même, il fallait que les savants se refissent citoyens, il fallait qu'ils missent là leurs livres grecs et latins pour entrer, eux aussi, dans la lice, et rompre une lance; il fallait qu'ils prissent parti contre le mal et la violence.

Ainsi fit Passerat en 1593; ainsi firent les hommes sages qu'on a nommés *les Politiques :* la Ligue était alors dans ses fureurs, et, on peut ajouter, dans ses démences; pour échapper au roi légitime qui, avec des fortunes diverses, la tenait assiégée, les fanatiques, les exaltés parmi les ligueurs, voulaient faire une reine espagnole avec un roi de leur main; les Seize faisaient mourir sous le poignard les magistrats fidèles; la Sorbonne, par décret, écartait du trône *le relaps* Béarnais : l'avocat

D'Orléans, sur ce principe qu'il faut être catholique pour être roi, comparait Henri de Bourbon à un lépreux, et concluait à son éternel éloignement du trône.

Il y avait du vrai dans ces doctrines où le faux se mêlait pour tout corrompre : le vrai, c'était le principe catholique, la doctrine religieuse : sur ses doctrines, la Ligue attend encore justice ; le faux, c'était la conclusion qu'on prétendait tirer de ces principes, c'était l'esprit de révolte qui prétendait recueillir le bénéfice de la doctrine catholique mal interprétée.

Il était temps que les esprits sensés qui en définitive et fort heureusement, ont toujours le dernier dans les révolutions politiques comme dans les bouleversements d'idées, prissent la parole dont on avait tant abusé depuis une dizaine d'années dans les chaires et ailleurs, et qu'ils rendissent à la raison, à la raison politique surtout, son autorité méconnue.

Les gens sensés ne manquèrent pas à cette mission en 1593, et ce fut par la plaisanterie, toute puissante en France, qu'ils accomplirent une œuvre de jour en jour plus nécessaire, celle de ramener les esprits aux principes de la sagesse politique, et de rendre la France, sinon au calme, elle était trop profondément troublée pour cela, du moins à l'espérance du calme.

Quelques hommes d'esprit se réunirent, et la Satyre Menippée fut conçue. On devisait chez M. Le Roy, aumônier du cardinal de Bourbon, et depuis chanoine de Rouen. Là, sous l'excitation des évènements qui se pressaient, l'idée, le plan d'un pamphlet à faire naissait de l'étincelle de la conversation de ces beaux esprits, Pierre Pithou, Gilles Durant, Gillot, conseiller au Parlement de Paris, Florent Chrestien, Rapin, M. Le Roy lui-même, et Passerat, car il tenait son bout parmi ces sages et ces savants qui se faisaient pour un jour et pour une bonne cause, des plaisants et des moqueurs. Les graves évènements de cette époque avaient interrompu l'enseignement de notre professeur du Collège Royal. Il mit à profit ces loisirs que lui faisaient les troubles de la Ligue et les incertitudes du lendemain, pour préparer avec sa plume, d'accord avec ses spirituels amis, un avenir où il y aurait plus de place pour la saine raison, pour des inspirations moins flottantes que celles qu'on venait de voir à l'œuvre sous le coup des influences populaires. Chacun avait sa part dans ce travail qui était un jeu. L'un jetait une épigramme piquante propre à remplir un quatrain, l'autre versait le sel, le franc sel gaulois plutôt encore que le sel attique, dans une harangue où la raillerie se déguisait avec un art si parfait, qu'elle demeurait sous l'accent moqueur et fin, la représentation exacte de la réalité ; un troisième, dans un narré finement tourné, reproduisait le mouvement et la fièvre de cette époque singulière et grande encore, mais d'une grandeur tourmentée et désolée. Passerat, non probablement sans dire son mot de temps en temps, laissa son compatriote Pierre Pithou, l'homme le plus savant et le plus autorisé de la bande, faire la harangue de M. d'Aubray et Nicolas Rapin limer la harangue de l'archevêque de Lyon ainsi que celle du docteur Rose ; M. Jacques Gillot, conseiller au Parlement, composa la harangue du cardinal-légat ; Florent Chrestien, poète, protestant et homme d'esprit, élabora la harangue du cardinal du Pellevé ; lui, Passerat, en homme fin qu'il était, se réserva surtout les petits vers piquants dont est semé cet immortel pamphlet : il savait bien que les doctes, et même, parmi les autres, ceux qui ont un certain loisir, feraient leurs délices des harangues ingénieuses, des fins récits ; mais il savait aussi qu'un quatrain bien tourné est

une médaille qui passe de main en main et qui réjouit
tous les yeux ; les mémoires populaires n'aiment pas à se
charger de compositions de longue haleine. On aimait
mieux aller voir la procession de la Ligue que d'en lire
le récit détaillé, si piquant qu'il pût être ; mais deux ou
quatre vers qu'on répète en courant et en riant, voilà ce
que ces mémoires retiennent volontiers. Et c'est là aussi
ce que fit Passerat. Il ne fallait qu'être un peu français et
parisien pour faire écho au poète reconduisant avec ce
compliment le duc de Parme en sa retraite :

> Henri, notre grand roi, comme un veneur le suit,
> Le presse, le talonne, et le renard s'enfuit,
> Le menton contre terre, honteux, dépit et blême.
> Espagnols, apprenez que jamais étranger
> N'attaqua les François qu'avec perte et danger ;
> Le François n'est vaincu que par le François même.

Il y a là un cri qui pouvait et qui a dû en effet se répéter tout d'une voix, de la place Maubert aux extrêmes
confins de la Champagne et de la Picardie. On pouvait
auner du drap sous les piliers des halles, vendre la viande
ou le poisson au marché des Innocents, ou promener des
fruits pour la soif des Parisiens, et répéter :

> La Ligue se trouvant camuse,
> Et les ligueurs bien étonnés,
> Se sont avisés d'une ruse,
> C'est de se faire un roi sans nez.

Ce quatrain plus sanglant a dû faire le tour de Paris :

> A chacun le sien, c'est justice,
> A Paris seize quarteniers ;
> A Montfaucon seize piliers,
> C'est à chacun son bénéfice.

Tous ceux qui avaient porté impatiemment le joug des

Seize, et probablement quelques-uns de ceux qui avaient acclamé et poussé en avant cette Commune révolutionnaire du seizième siècle ont dû trépigner d'aise en jetant à tous les vents du ciel cette épigramme terrible et malicieuse.

Et cette autre à D'Orléans, l'avocat et le publiciste de la Ligue (dans son livre volumineux intitulé : *Réponses des vrais catholiques*) :

> Si pendre te voulois, tu ne ferois que bien,
> Puisqu'on ne peut avoir de toi miséricorde ;
> Mais si tu veux sauver quelque peu de ton bien,
> Va te jeter en l'eau, tu gagneras ta corde.

Et puis il reprend plus doucement :

> Mais dites-moi, que signifie
> Que les ligueurs ont double croix ?
> C'est qu'en la Ligue on crucifie
> Jésus-Christ encore une fois.

Le président Hénault prétend que la Satyre Ménippée ne fut guère moins utile à Henri IV que la bataille d'Ivri. Au premier abord, cette opinion a l'air d'une plaisanterie en rapport avec le sujet, et l'on peut croire que les arquebuses et l'épée du Béarnais et les canons de Sully ont plus fait que les mousquetades de cinq ou six hommes d'esprit. Toutefois, quand on lit ces vers si poignants et si impitoyables d'ironie, qu'on se reporte à la fin du seizième siècle, qu'on se remet par la pensée dans ce mouvement violent mais près de finir, qu'on se rend compte des fièvres et des lassitudes de l'époque, on se sent tout près d'être de l'avis du président historien.

Enfin, Henri IV, qui avait tant fait le roi de Navarre, casque en tête et cuirasse sur la poitrine, allait faire un peu le roi de France, en se résignant tout doucement à aller entendre la messe à Saint-Denis. Passerat alors dit adieu à ses loisirs et aux malices politiques ; les cours du Collège Royal, interrompus par la guerre civile, reprirent à la paix, et le professeur remonta dans sa chaire silencieuse pendant l'orage. Il se fait vieux, et désormais il ne se hasardera plus qu'à bon escient : il regardera le ciel, il tâtera l'atmosphère et interrogera son médecin ou sa douce paresse, avant de savoir s'il doit se mettre en campagne, et il trouvera bien souvent que le temps est rude, que la santé est délicate, que le coin du feu est doux (1). Bref, il en prendra à son aise avec ses auditeurs. Il n'en fut pas moins un des premiers, en ces jours de restauration et d'avènement, à reprendre les exercices du Collège Royal, un des premiers à signer l'acte du serment à Henri IV, avec ses collègues Frédéric Morel et Vignal. Les autres adhérèrent dans le cours de l'année 1594.

Voilà donc notre savant réinstallé : ce ne devait pas être cette fois pour un bien long temps. Les fatigues, les immenses lectures qu'il avait faites jour et nuit l'avaient usé de bonne heure, et quoiqu'il ne fût pas encore bien vieux, la vieillesse allait venir sous ses formes les plus rudes. En 1597, la paralysie vint le frapper, accompagnée de la cécité. Le vieux savant, que ses amis continuèrent d'entourer de leurs soins, de leurs empressements attentifs, porta courageusement ses maux, et laissa venir la mort sans plainte.

Il vécut encore pendant cinq ans, souriant à la paraly-

---

(1) Voyez au volume intitulé *Orationes et Præfationes,* le XXVII°. Discours où Passerat s'excuse sur les rigueurs de l'hiver de son absence prolongée. Aujourd'hui on fait mieux, on ne s'excuse pas, on s'absente tout de même, on reste chez soi en haine de l'hiver, de la neige et de la grippe, on n'en souffle pas mot, et l'indiscrète postérité n'en sait rien.

sie qui le tenait immobile dans son lit ou le clouait sur son fauteuil, souriant au mal plus cruel encore, celui qui frappe les yeux. Aveugle, il dictait par plaisanterie l'éloge de la cécité, c'était sa manière de se venger de la maladie. Cet éloge, comme c'est son procédé habituel, il l'emprunte à tous les écrivains de l'antiquité ; rassemblez-en les passages, faites-en la liaison avec la gaieté, et voilà le discours qui prend forme sous cette plume facilement ingénieuse. Ce discours, il l'adressait à ses auditeurs du Collège Royal, depuis longtemps privés du bénéfice de ses doctes leçons. Il ne faisait point devant eux une élégie, sachant bien qu'ils n'étaient ni des Podalire ni des Machaon, qu'ils étaient jeunes d'ailleurs, et que s'ils pleuraient quelquefois, c'était plutôt à force de rire. En tout cas, grâce à Dieu, Passerat s'était trop heureusement appliqué à porter son mal d'une âme égale et patiente. S'il est aveugle, eh bien ! tant mieux, dit-il, sa famille en sera plus nombreuse, elle s'augmentera de l'enfant qui le conduit. Et là-dessus il se comparait assez singulièrement à tous les aveugles mythologiques de sa connaissance, à l'Amour, à la Fortune, à Plutus. Il est aveugle, tant mieux, dit-il, il sera débarrassé des méchants livres, s'il ne peut lire les bons. S'il lui plaît de ne rien faire, il aura pour l'excuser ses yeux absents. Voilà comme on se console du mal en en plaisantant, en jouant avec lui, pour ainsi dire.

Ainsi Passerat allait à la mort en riant, mais d'un rire innocent, non d'un rire mauvais ; ce rire-là nous n'avons point à le lui pardonner. Cet éloge de la cécité a dû précéder la mort de son auteur d'assez peu de temps ; car cinq ans seulement se sont écoulés entre son accident et sa mort, et il nous dit que depuis longtemps déjà il est séparé de ses auditeurs vers lesquels, en ce suprême re-

tour, il a un élan, mais un élan contenu : c'était probablement la dernière entrevue.

Il est triste de penser que cet aveugle, ce vétéran d'é-
rudition et de poésie n'était pas payé au Trésor royal : il
adresse expressément son Discours sur la Cécité à M. d'In-
carville, conseiller du Roi et trésorier de l'épargne, afin
d'obtenir de lui qu'il s'entremette pour lui faire payer les
gages qui lui sont dus, et que lui-même puisse payer son
lecteur (*anagnosten*). Ceci nous remet dans le vrai dont
nous écartait tout à l'heure la plaisanterie sur les méchants livres : voilà comme on retrouve dans les préfaces
la vérité qui souffre ailleurs d'être arrangée et tournée,
tantôt par les solennités de la phrase, tantôt en sens contraire par la plaisanterie qui se joue autour des choses les
plus sérieuses et quelquefois les plus tristes.

Ce n'était pas la première fois que Passerat avait à solliciter comme un bienfait ce qui était la dette sacrée de
l'Etat : Henri IV, qui faisait payer son poète Malherbe
par M. de Bellegarde, oubliait trop souvent de payer en
aucune façon ses professeurs et lecteurs, et alors il fallait
aller faire la révérence au Louvre, si on ne voulait pas
mourir de faim. Voici une anecdote que nous raconte
l'abbé Goujet (1) :

« Ce fut presque dans le même temps que le même
Passerat, joint à ses collègues, tentèrent de profiter du
caractère bienfaisant de Henri IV pour solliciter le paie-
ment de leurs gages qui était arrêté ou qu'on faisait avec
très-peu d'exactitude depuis plusieurs années. Le Roi les
reçut avec bonté, et, après les avoir écoutés, se tournant
vers les courtisans qui étaient avec lui, il fit cette réponse

----

(1) Collége Royal, t. I, p. 62.

si digne de la grandeur de son âme : « J'aime mieux
» qu'on diminue de ma dépense et qu'on m'ôte de ma
» table pour en payer mes lecteurs, je veux les contenter,
» M. de Rosny les paiera. » C'était le duc de Sully, son
favori et surintendant des finances. Cette promesse eut
son effet. Les professeurs eurent ordre de se trouver le
lendemain chez M. de Sully, qui, après leur avoir fait
l'accueil le plus favorable, leur dit : « Les autres vous
» ont donné du papier, du parchemin et de la cire, le
» Roi vous a donné sa parole, et moi je vous donnerai de
» l'argent. »

Curieuse et originale réponse, qu'on prendrait pour la
plus mordante des épigrammes si on ne la trouvait pas
dans l'abbé Goujet.

Passerat ne devait avoir bientôt plus besoin ni de
M. de Sully, ni du trésorier de l'épargne, ni des interces-
seurs près du Roi, ni du Roi lui-même : il commençait à
envisager, d'un regard qui ne se détournait pas trop, la
mort que personne n'a osé regarder en face, au dire de
La Rochefoucauld. Familier avec la cécité, le vieux poète
avait moins de peine encore à se familiariser avec la
mort, et il faisait d'avance son épitaphe, où il exprimait
surtout la crainte de voir son tombeau chargé de mauvais
vers. — Cette crainte, pour le dire en passant, n'était
que trop fondée, et les poètes contemporains se montrè-
rent impitoyables dans l'éloge.

Il alla ainsi jusqu'en 1602, toujours épris du beau, du
bien, des nobles choses de l'Antiquité, et mourut la
deuxième année du dix-septième siècle, à cette heure où
Malherbe, déjà venu, allait imposer silence, pour plus de
deux siècles, à toutes ces libres voix qui avaient charmé
la noble époque littéraire des Valois, et qui, grâce à
Dieu, nous charment encore aujourd'hui que la taie mise

sur nos yeux par Malherbe, et redoublée par Boileau, est
tombée, bien tombée. Passerat avait soixante-huit ans.
C'est à tort évidemment que Sainte-Marthe le fait mourir
à 73 ans ; tous les biographes s'accordent à placer sa naissance à l'année 1534.

Le poète fut inhumé dans l'église des Dominicains,
près la porte Saint-Jacques, et cette sépulture sévère ne
le préserva pas de l'invasion poétique qu'il avait redoutée
en riant : l'avalanche des mauvais vers fut complète.
Rodolphe de Botière, au livre X de son Histoire de
France et quasi-universelle, nous apprend que les funérailles de cet ami des de Mesmes se distinguèrent moins
par la richesse que par l'ornement littéraire qui les ac-
compagna. On sait ce que cela veut dire. Les Muses latines, non plus que les Muses françaises, ne furent in-
grates à ce poète qui avait honoré les unes et les autres.
Sébastien Rouillard, de Melun, historien de cette ville,
le célébra en de longs vers latins ; Janus Gruterus, le faux
Ranutius Gherus, unissait poétiquement le chant du cygne
et la voix du rossignol, pour en composer la poésie de
Passerat ; Régnier, notre grand satirique Mathurin Régnier, en des vers français cette fois, mais qui n'en valent
pas mieux pour cela, en faisait un autre Apollon ; Bertaut
célébrait ce triste *naufrage dans la mort ;* Etienne Pas-
quier, l'auteur des *Recherches de la France,* avait dès
longtemps pris les devants, et, dans deux épigrammes latines, célébré le talent gracieux de notre poète, dont le
charme aussi bien que le nom l'invite à rappeler le Moineau de Lesbie (*Passer, Passerat*). C'étaient les jeux du
seizième siècle, jeux qu'il faut bien lui pardonner, puis-
qu'ils n'étaient que le délassement de travaux plus graves
et d'œuvres plus sérieuses.

Le poète disparu laissait partout de sincères regrets

auxquels s'associèrent tous les professeurs du Collège Royal, et qui, contre l'ordinaire, survécurent à la montre des larmes, à l'appareil des funérailles. Des années après, Jean-Jacques de Mesmes, fils de ce Henri que nous retrouverons, et légitime héritier d'une affection de famille, lui fit ériger, chez les Dominicains, un monument surmonté de son buste de marbre. On y lisait ces vers admirables que Samuel Johnson, le grand docteur Johnson, aurait bien dû recueillir parmi ses épitaphes les plus belles :

> *Qui sim, Viator, quæris : ipse nescio;*
> *Qui sis futurus tu, tamen per me scies :*
> *Ego, tu que pulvis, umbra et umbræ somnium.*

Il faut rapprocher de cette épitaphe celle que Passerat avait faite pour le cœur du roi de France Henri III, qui se lisait dans l'église de Saint-Cloud, et qui semble avoir dû être inscrite sur un marbre antique :

> *Adsta, Viator, et dole regum vicem :*
> *Cor regis isto conditur sub marmore.*
> *Qui jura Gallis, jura Sarmatis dedit :*
> *Tectus cucullo hunc sustulit sicarius.*
> *Abi, Viator, et dole regum vicem.*

II.

Après ce coup-d'œil jeté sur la vie de Passerat, entrons maintenant dans l'étude plus approfondie de ses œuvres, et tout d'abord de ses poésies latines dont nous venons d'entrevoir la valeur dans un premier échantillon. Les principales de ces poésies portent le titre de *Kalendæ Januariæ*. Ce sont des présents de nouvel an.

Passerat avait vécu pendant longues années dans la

maison de Henri de Mesmes, et toujours sur le pied d'une douce intimité. A chaque renouvellement de l'année, il avait offert à ce protecteur, à cet ami bienveillant, un tribut d'amitié et de poésie. Ces bonnes pensées, ces papiers dispersés qui se sont succédé pendant vingt-sept années, tombent un jour sous ses yeux; il a l'idée de les recueillir et il les dédie à Jean-Jacques de Mesmes, fils de son bienfaiteur, celui-là même qui doit honorer d'un tombeau les restes de son vieil ami (1). Comme il le dit avec cette grâce aimable qui est un des caractères de son talent, il les offre moins qu'il ne les rend au fils, puis que le père a disparu : Henri de Mesmes était mort dans l'année 1596, à l'âge de soixante-six ans. Passerat publiait ses *Kalendæ* en 1597; la dédicace est du mois de janvier de cette année : c'était un dernier présent qu'il envoyait à la famille aimée.

De l'année 1570 à l'année 1596, ces doux présents de sa muse s'étaient continués sans une seule interruption. La dernière pièce, datée de 1596, est intitulée *Olor :* c'était le chant du cygne en effet. Passerat était à bout de force et de voix.

Une fois encore, après cela, nous voyons une courte pièce en vers alternés, hexamètre et pentamètre :

Alterno ingreditur nixa Thalia pede.

Le vers héroïque se refuse à cette voix qui tombe; le coursier épuisé cherche, haletant, la borne, et son flanc épuisé boit la poussière de l'amphithéâtre qui ne le verra plus :

Supremo in pulvere circi.

Tout ce qui est des de Mesmes lui est cher et sacré ·

---

(1) Préface des *Kalendæ Junuariæ.*

la bibliothèque, le jardin, les bois de la maison de campagne sont célébrés tour à tour. La bibliothèque de de Mesmes s'enorgueillit de manuscrits grecs, de livres latins à émerveiller par leur nombre Athènes avant la servitude, Rome avant les Barbares.

L'enthousiasme de Passerat lui exagère bien assurément quelquefois les proportions des choses : le jardin de de Mesmes, où le magistrat va reposer son esprit fatigué des chicanes des bourgeois de Paris, lui apparaît comme les jardins d'Alcinoüs : — après tout, le jardin de l'hôtel de Mesmes était probablement plus beau que celui du père de Nausicaa. L'exagération, si elle existe, n'empêche pas que le poète n'ait trouvé des vers aimables, de poétiques images, et, pour couronner, l'accent ému dans ce souhait final pour son ami, pour lui-même :

> *Hic, tremulo gressu cum venerit alba senectus,*
> *Consistas tandem, decursu fessus honorum,*
> *Fallaci que pedem referas intactus ab aula;*
> *Hic me fata sinant, modico non invida voto,*
> *Innocuæ extremum tempus traducere vitæ,*
> *Ambitione procul, plebis que fori que tumultu;*
> *Consilio stabilita tuo modo fœdera pacis*
> *Vomeribus galeas mutent, et falcibus enses.*
> *Maturos vatis cineres hic, optime Memmi,*
> *Extincti que memor componas ossa clientis.*

Cette fin touchante de la pièce me rappelle des vers latins charmants d'un poète anglais, qu'on me permettra de citer ici :

> *O matutini rores, auræ que salubres,*
> *O nemora, et lætæ rivis felicibus herbæ,*
> *Graminei colles, et amœnæ in vallibus umbræ !*
> *Fata modo dederint quas olim in rure paterno*
> *Delicias procul arte, procul formidine novi !*
> *Quam vellem ignotus, quod mens mea semper avebat,*

Ante larem proprium placidam expectare senectam,
Tum demum exactis non infeliciter annis,
Sortiri tacitum lapidem, aut sub cespite condi (1).

Passerat relève, en y mêlant les circonstances publiques du temps, les compliments de nouvelle année qu'il revêt de sa poésie ingénieuse. Si de Mesmes lui a envoyé une robe (*toga,* apparemment pour le Collège Royal), elle est le signe de la paix rendue au pays; la paix est le bienfait de de Mesmes, dont son amitié est toujours disposée à grossir un peu la puissance d'action et de bonne influence. Partout nous voyons Passerat mêler ses souhaits de citoyen honnête homme à ses propres souhaits particuliers. Le mot de patriotisme n'était pas un vain mot pour ces générations fortes et saines des Passerat, des Pithou, des Mézeray, et ce n'était pas non plus un mot gros de déclamations et d'entreprises sur le gouvernement ou l'administration de leur pays.

L'amitié de Passerat pour les de Mesmes a pris toutes les formes, elle a pleuré à tous les deuils, chanté à toutes les fêtes de cette famille aimée : Jean-Jacques, père de Henri, meurt, et il compose son épitaphe; il prête à Henri lui-même sa voix pour célébrer le deuil paternel. Et puis il exalte les ambassades de ce même Henri, son talent à persuader, à tourner à ses vues les esprits. Il pleure en des vers antiques la mort prématurée d'une de Mesmes (*Epicedion in Antoniam Memmiam*); s'il naît un rejeton destiné à porter dans l'avenir l'illustration de cette famille qui est devenue la sienne, il a le chant d'allégresse (*Genethliacon Henrici Memmii, nepotis*). Tous leurs sen-

---

(1) W. Cowper's Works, t. I, p. 528. J. Johnson, 1788, London, 2 vol. in-8º.

timents sont les siens : le chancelier de l'Hospital se re-
tire; au nom des de Mesmes, Passerat déplore cette
retraite, et plus tard, c'est la mort de l'illustre Chancelier
qui appelle ses regrets et sollicite ses chants. Et quand
enfin Henri de Mesmes, le représentant de cette famille
qu'il a entourée de l'affection la plus soutenue, meurt à
son tour, Passerat qui sera frappé demain, qui bientôt,
avant le coup dernier, ne sera plus que l'ombre de lui-
même, dit sur sa tombe un adieu ému, un adieu qu'il a
peine à finir.

La Muse de Passerat a la piété de ses affections, de ses
souvenirs, de ses simples liaisons littéraires. Ronsard,
Remi Belleau, Jean Daurat, le maître de la pléïade poétique du seizième siècle, ne disparaissent pas sans que le
poète leur paie un tribut de louanges affectueuses et sincères, et cela devait être, car il est des leurs. Ronsard
excepté que sa puissance met hors de pair parmi ces il-
lustres de notre beau seizième siècle, comme la puissance
de Victor Hugo le met hors de pair parmi les poètes de
la première moitié de ce siècle, excepté encore du Bellay
et Vauquelin de la Fresnaye, j'affirme hardiment qu'il
n'en est pas un seul dont on puisse dire avec assurance :
Celui-ci est supérieur à Passerat. Nous en fournirons
bientôt la preuve quand nous en serons à la partie française de ses œuvres. Ses œuvres latines ne le classent pas
à un aussi haut rang peut-être parmi ses contemporains. Entre ceux-ci il en est, Joachim du Bellay, Marc-
Antoine de Muret, Bèze, l'Hospital, qui ont eu plus
de souplesse et de variété, ou plus d'éclat et de force.
Passerat néanmoins garde un rang distingué et ses avan
tages sur certains points.

Le poète champenois, on le sent en lisant ses poésies
latines, connaît à fond les poètes latins. Catulle et Pro-

perce lui sont familiers, et il use comme d'un bien de famille des formes de leur poésie, qui seulement deviennent chez lui plus raides et moins riches, moins variées, presque exclusivement didactiques. Ausone aussi a passé par cette poésie, avec les grâces affaiblies, les parfums délicats mais fuyants déjà de sa muse : ce n'est plus la franche saveur catullienne : cela se voit bien nettement dans la poésie intitulée *Rosa*.

C'est seulement dans les pièces latines publiées après la mort de Passerat que nous trouvons quelques-uns de ses vers les plus souriants. Je citerai particulièrement, pour le petit nombre de personnes qui pourraient se plaire encore à ces grâces d'une poésie qui a cessé d'être vivante, comme on se plaît à un pastel qui n'a plus sa fleur, ces jolis vers adressés à Denis Lambin : il engage son savant confrère du Collège Royal à laisser un peu de côté ses livres et à s'ébattre avec lui :

> . . . . *Ergo age mecum*
> *Herculeæ visas peramœna umbracula villæ.*
> *Jamdudum expectat comites Pimpuntius illic*
> *Excutiens frontis nubem rugas que severæ :*
> *Naïades adsuetæ choreis, faciles que Napeæ.*
> *Nunc juvat in tenero fagorum cortice amores*
> *Insculpsisse meos, nunc transiluisse virentes*
> *Graminibus ripas; nunc tempora cingere ramis;*
> *Nunc liquidum lætas jactare per aera voces,*
> *Collibus adversis quas reddat imago jocosa.*
> *Hic procul urbano placet insanire tumultu,*
> *Purpureo campos æther dum lumine vestit,*
> *Liber in apricis et pingit collibus uvas.*

Une autre fois, c'est une épigramme qu'il décoche aux médecins qui, aux funérailles de M. Charpentier, ont voulu précéder les lecteurs du Collège Royal, et marcher près du corps; juste prétention, dit-il : le cadavre et le médecin, l'ouvrier près de son œuvre.

Des vers latins, cela est bien près de nous faire sourire. On ne souriait pas, au seizième siècle; on s'y évertuait au contraire : les plus grands hommes et les plus sérieux s'en mêlaient comme les savants, le chancelier de l'Hospital comme Sainte-Marthe, Joachim du Bellay comme Passerat; et l'on était bien heureux quand on avait pu faire prendre au savant Muret des vers de l'Hospital pour un fragment de poème antique. C'étaient là les jeux du seizième siècle. Savez-vous que les poètes les plus renommés du temps traduisaient les vers latins de Passerat? Voici Baïf qui traduit en ses *Passetems* les vers latins du professeur royal sur la Paix (1) :

> La paix faite deux fois au fascheux mois de mars
> Fut deux fois martiale,
> Quand deux fois remit sus le cruel jeu de Mars
> Faite en saison fatale :
> Aujourd'hui que les cieux heureusement la font
> Au mois qu'Auguste nomme,
> Qui les portes de fer du dieu au double front
> Barra jadis à Rome,
> Le présage est heureux, d'autant que la fureur
> S'apaise désarmée,
> Lorsqu'au ciel du Lion la brûlante chaleur
> S'abat désenflammée.
> Tost après le Soleil en la Vierge entrera
> A la Paix favorable.
> Cette Vierge est la Paix, ô Charles, qui fera
> Ta paix ferme et durable.

On peut faire des vers latins et même les réussir, et

---

(1) J.-A. de Baïf. *Passetems,* liv. IV, f° 100.

être un savant plutôt qu'un poète proprement dit : voyez
Daurat, voyez l'Hospital, voyez Muret lui-même, voyez
tant d'autres ; l'écrivain est soutenu par les souvenirs de
l'antiquité qui débordent par sa plume, et il peut, même
en faisant plus et mieux que des centons, n'offrir qu'une
reproduction habilement déguisée de ces poètes d'une
autre langue et d'une autre civilisation. La poésie latine,
malgré le mérite qui est en elle, ne suffirait donc pas
peut-être à faire ranger notre savant parmi les poètes.
Mais Passerat, s'il s'est beaucoup souvenu de Tibulle,
d'Horace et de Properce, sans compter Stace, si d'un
autre côté il appartient à la race des malins charmants qui
aiment l'esprit et qui en usent, qui aiment les choses fines
et gaies et qui y réussissent, Passerat est en même temps
un poète, un poète de race et de sève, et je ne crains pas
de l'affirmer, un poète original. Ce qui fait son originalité
en ce siècle des hautes visées, des lyrismes grandioses
qui a donné naissance à l'*Illustration de la langue française* de du Bellay et à la *Franciade*, et aux odes toutes
pindariques de Ronsard, c'est son naturel, c'est sa faci-
lité d'allures, c'est sa bonne humeur. Ce qu'il y a de plus
vraiment caractéristique au style et à la poésie même de
Passerat, ce qui nous le représente bien au naturel, c'est
la gaieté qui lui ressemble. Où les autres seraient lyriques
et pindariques, il se contente, lui, d'être charmant. Il
nous semble voir le sourire du poète quand il dit d'A-
donis :

> Ses blonds cheveux sembloyent au chef doré
> Du dieu prophète en Delphes adoré.
>
> . . . .
>
> Son front estoit plus serein et plus gay
> Qu'un jour sans nue au joly mois de May.

(Adonis ou la Chasse du Sanglier.)

> La trompe au col, menant tes chiens en lesse,
> Ciel et nectar pour te suyvre je laisse,

dit Vénus au beau veneur Adonis, qu'elle veut détourner de chasser les sangliers.

C'est dans *Adonis* encore que se trouvent ces deux vers, de couleur et de sens tout modernes :

> . . . . . J'aime mieux mon propre mal escrire,
> Que raconter d'un autre le martyre.

Et, en effet, ces deux vers annoncent les *Vers d'amour* qui viennent ensuite.

> La belle qui florit en l'Avril de son âge
> D'espoir repaist mon âme inconstante et volage.
>
> *(Le Jardin d'amour.)*

Tout le poème du *Jardin d'amour*, adressé à Mme la marquise de Monceaux, est dans cette langue harmonieuse et charmante, la langue de du Bellay en ses meilleurs jours :

> Belle fleur d'esglantier, belle fleur d'aubespine,
> Désirant vous cueillir, bien souvent on s'espine.
> Qui désire en amour cueillir de belles fleurs,
> Il n'y cueille souvent que regrets et que pleurs.
>
> . . . .
> Couronnes et bouquets sont parés d'ancolie,
> Je ne porte en mon chef que la mélancolie.

Mélancolie soit; mais Passerat n'a pas l'air d'un désespéré, et son style ne se fait jamais larmoyant.

Le poète, au reste, n'arriva pas de prime saut, on le suppose bien, à cette perfection de délicatesse. Comme tous les poètes à peu près, qui sentent la flamme en eux, mais qui ne savent encore où en diriger le jet, il se laissa solliciter à la poésie par un évènement contemporain : cet évènement fut le passage de Charles IX à Troyes, en

1564. Passerat célébra la bienvenue du roi par des vers
qui furent son début dans la poésie française : il avait
alors trente ans (1). Dans ces vers qui, ainsi que tous les
vers de circonstance, n'ont pas une grande valeur, il rou-
vrait l'âge d'or sous les pas de Catherine de Médicis, la
Bérécynthe et la Minerve qui a remis le frein *au peuple
desbridé*.

Cela faisait une épigramme assez jolie et meilleure que
le compliment qu'il mettait dans la bouche d'une jeune
fille :

> En un anneau tout rond et d'or bien esprouvé
> Je vous offre le cœur de la ville troyenne :
> Quelquefois le voyant, sire, qu'il vous souvienne
> Que son cœur est tout rond et tel sera trouvé.

Le poète, dans un élan d'enthousiasme qu'explique
très-bien la circonstance, promet à sa patrie de l'immor-
taliser :

> Troyes, j'ay bon espoir de te bastir des murs
> Lesquels ne tomberont par les siècles futurs.
>
> . . . .
>
> Qu'ensemble tous les Grecs les viennent assiéger,
> Ils tascheront en vain de les endommager.
>
> . . . .
>
> Je veux rendre ces murs de plus en plus puissants
> Contre l'effort des Dieux, des Hommes et des Ans :
> Dessus je graverai d'une plume acérée
> Des loyaux citoyens la constance assurée,
> L'obéissance au Roi, l'invincible vertu,
> Qui pour ses souverains a toujours combattu.

La Croix du Maine prend cela au sérieux ; au lieu d'ac-

---

(1) Paris, 1564, in-4o de 12 pages. Gabriel Buon.

cepter simplement ces vers et d'en signaler la rare fermeté (rare pour un début), il y voit la promesse d'une *Histoire des Troyens célèbres,* et fait une querelle à Passerat, s'étonnant que cette œuvre, si solennellement promise, n'ait pas encore paru. Honnête bibliographe et historien, c'est parce que c'était une promesse solennelle et d'enthousiasme qu'elle n'a pas été réalisée. Que vous importe un article de moins à enregistrer dans votre *Bibliothèque?* Elle est assez grosse sans cela !

On ne cite guère en général de Passerat que cette *Métamorphose d'un Homme en Oiseau* que Grosley a remise en circulation, en l'insérant dans ses *Ephémérides* de 1762, non sans la rajeunir quelque peu. Quant à moi, je préfère pourtant ses *Elégies,* où un sentiment personnel et tendre se fait jour avec charme. Le poète lutte contre l'amour, mais il sent bien que l'amour est le plus fort, et il se résigne :

> . . . . . On ne peut avoir honte
> D'estre vaincu d'un dieu qui tout surmonte.
>
> (Elég. Ire.)

Pour apprécier le mérite de sobriété de Passerat amoureux et élégiaque, qu'on lise par exemple les interminables sonnets et stances que Baïf, son contemporain, a adressés à sa Méline, à sa Francine; les vers d'Amadis Jamyn à Oriane, à Artémis; qu'on lise même à bien des pages les poèmes analogues de du Bellay, et on verra que ceux-ci ont eu à se faire pardonner bien des longueurs.

L'élégie IIIe, qui est un adieu, est toute imprégnée d'un accent pénétrant d'où sortent des vers parfois tout modernes :

> Mon pied forcé le chemin ne veut suivre,
> Estant lassé de marcher et de vivre.
>
> . . . .

En vostre absence, il ne me reste rien
De tout comfort, que l'espoir d'un seul bien,
Que vous aurez de moy quelque mémoire.
Là est mon heur, mon plaisir et ma gloire.
Quant à ma part, la clairté de vos yeux,
Vostre doux ris, vos propos gracieux,
Bons médecins pour mon âme blessée,
Ne sortiront jamais de ma pensée.

Le poète amoureux espère un sourire toujours, comme la plante espère un rayon de soleil :

Verrai-je point, après tant de douleurs,
Un beau soleil qui luise à mes malheurs ?

. . . .

Plus il ne reste à mon âme ravie
Q'un seul fantosme et ombre de ma vie.

Et il vient quelquefois, le sourire, le soleil, comme on le peut voir à ces quatre premiers vers de la huitième élégie, vers délicieux et qu'on ne se lasserait pas de répéter :

Vivons, aimons, passons nos jeunes ans
En ce plaisir, sans peur des médisans.
Si en aimant nous consumons nostre asge,
A nul qu'à nous nous ne portons dommage.

Dans cette élégie VIIIe, Passerat entremêle assez singulièrement les querelles de la France qui veut, dit-il avec une énergie douloureuse, *d'un bras se couper l'autre*, et les querelles d'amant à maîtresse, querelles décrites d'ailleurs avec une grâce parfaite :

Ce n'est ainsi, s'il s'eslève un débat
Entre amoureux, qu'on se porte au combat.
Des yeux friands où Cupidon se joue
On fait tomber un cristal sur la joue
De sa maistresse, où se vient rallumer
Par la colère un aspre feu d'aimer :

> Et tout au pis, d'une main plus irée
> Elle se voit sa robe deschirée.

Ce sont là des vers savoureux et friands, dignes de l'élégie latine, dignes de Tibulle. Le poète revient plus directement sur lui-même et finit :

> Mes plus grands coups, ma vaillance et mes armes,
> Ce sont mes vers, ma prière et mes larmes :
> Dont, si j'avois ma Dame combattu,
> Jusques au ciel monteroit ma vertu ;
> Mais si sur moy sa rigueur est plus forte,
> Je veux mourir de deuil devant sa porte.

Mais le poète bientôt (élégie IXᵉ) est comme un captif délivré : il rejette ses fers et célèbre son triomphe :

> Je sçay qu'Amour est semblable à la mer,
> Qui bien souvent fait le calme et bonace,
> Rit au marchand, montre joyeuse face,
> Pour l'embarquer ; peu après loin du port
> Brise sa nef et lui haste sa mort.
> Puisqu'à la fin j'ai gaigné le rivage,
> Plus je ne rentre au danger du naufrage.

Mais sa chaîne n'est pas si loin que ce captif ne la sente flotter sur ses bras ; et bientôt, en effet, nous le voyons repris de plus belle, déplorer le départ de sa maîtresse pour la Savoie (élégie Xᵉ) :

> Je ne vois rien ici que l'ombrage des sauls,
> Que vignes et noyers, que prés et que ruisseaux :
> A qui donc maintenant veut estre déchargée
> Mon amère tristesse et douleur enragée ?
> Nymphes de Gentilly, et vous, nymphes d'Arcueil,
> Venez toutes ouir la cause de mon deuil.
> . . . .
> Mes clairs jours sont changés en ténébreuses nuits,
> Puisque le beau soleil, seul auteur de ma joie,
> Abandonne la France et va luire en Savoye.

O trois fois heureux train du prince de Nemours !
Les Grâces et l'honneur, Vénus et les Amours
S'en vont avecque lui là où la paix dorée,
La vertu, la simplesse est encore adorée.
Et je demeure ici dans la troisiesme horreur
Qu'y fait voir en six ans la civile fureur.

Quelle était cette maîtresse qui sort du rang des maîtresses idéales pour entrer en pleine réalité dans le cortège du duc de Nemours, qui va en Savoie avec ce prince? Cette marquise de Monceaux, à qui le poète a adressé le *Jardin d'amour*, était-elle confidente de cette passion? — Questions toujours délicates, sur lesquelles les contemporains ne nous fournissent, à ma connaissance, aucun éclaircissement, que le poète lui-même a laissées dans une ombre discrète.

Le poète aime toujours, et toujours l'espérance lui est refusée. Voici que dans l'élégie XIIe il se compare à une cigale : la cigale vit de rosée, et le poète vit de pleurs :

Puisque loin de la ville et loin du populaire,
Je me suis égaré en ce lieu solitaire,
Cigales, où je n'oy sinon que vos chansons
Qui d'un bruit enroué font rompre les buissons,
Et puisque votre vie à la mienne ressemble,
Comparons, je vous pry, nostre malheur ensemble :
Vous n'avez que la voix, rien ne me reste aussi
Qu'un parler foible et lent, pour ce que le souci
M'amaigrit et me sèche, et de sorte me mine
Que presque je ne suis qu'une ombre qui chemine.
Le pélerin connoît que le temps est plus chaud
Alors que vostre voix vous élevez plus hault :
C'est un signe évident que plus aspre est ma flame
Lorsque plus je me plains des rigueurs de ma Dame.

Un des plus vrais accents de poète amoureux est celui

que je trouve dans un sonnet *d'un Baiser pris en pleurant*. Il se termine ainsi :

> Or pleurez votre saoul, je ne veux plus baiser
> Les yeux qui m'ont trahi pensant les apaiser ;
> C'est un trop aspre feu que les pleurs d'une femme.

Mais le poète n'est pas toujours dans l'élégie à la Tibulle. Il a été jeune, et il a eu l'élégie de la jeunesse,
l'élégie du plaisir. C'est l'*Ode du premier jour de May*.
Tous ceux qui aiment la poésie savent par cœur l'*Avril*
de Belleau : le *Mai* de Passerat souffre très-bien la comparaison pour la grâce qui s'y fait voir et la joie qu'il
exhale ; mais Belleau conserve tout l'avantage du rhythme
étincelant : c'est le rhythme qui a fait la fortune de son
admirable pièce. La strophe de dix vers que Passerat a
préférée est un peu lourde en un sujet si léger. Le vers
de huit syllabes tombant sur un vers de quatre est bien
loin d'avoir le vif du rhythme de Belleau :

> Avril, l'honneur et des bois
> Et des mois :

C'est l'oiseau qui ne se sent pas d'aise au retour du
printemps, et qui ne pose point son aile joyeuse. En mai,
sous le rayon plus chaud, il a déjà le repos sous l'ombre
naissante :

> Laissons le lit et le sommeil,
> Cette journée :
> Pour nous l'Aurore au front vermeil
> Est desjà née.
> Or'que le ciel est le plus gay
> En ce gracieux mois de May,
> Aimons, Mignonne,
> Contentons nostre ardent désir :
> En ce monde n'a du plaisir
> Qui ne s'en donne.

Viens, Belle, viens te pourmener
        Dans ce bocage;
Entends les oiseaux jargonner
        De leur ramage.
Mais escoute comme sur tous
Le rossignol est le plus doux,
        Sans qu'il se lasse.
Oublions tout deuil, tout ennuy,
Pour nous resjouir comme luy :
        Le temps se passe.

Ce vieillard, contraire aux amants,
        Des aisles porte,
Et en fuyant, nos meilleurs ans
        Bien loin emporte;
Quand ridée un jour tu seras, .
Mélancolique, tu diras :
        J'estois peu sage
Qui n'usois point de la beauté
Que si tost le temps a osté
        De mon visage.

Laissons ce regret et ce pleur
        A la vieillesse;
Jeunes, il faut cueillir la fleur
        De la jeunesse.
Ur que le ciel est le plus gay,
En ce gracieux mois de May,
        Aimons, Mignonne,
Contentons nostre ardent désir :
En ce monde n'a du plaisir
        Qui ne s'en donne.

Il y a de notre champenois une chanson plus charmante encore sur ce thême qui a inspiré si heureusement
les poètes du seizième siècle :

        Belle, ta beauté s'enfuit,
        Cueillons ensemble le fruit
        De la jeunesse gaillarde.

Pendant qu'en avons le temps,
Rendons nos désirs contents :
Beauté n'est un fruit de garde.

L'asge ennemi des esbas
Tost le faict tomber à bas,
Comme un vent la rose ouverte :
L'amour se paye en aimant :
Aimant donc pareillement,
Ne crains d'estre descouverte.

Si du bruit tu prends esmoy,
Nul ne cèle mieux que moy
Toute amoureuse entreprise.
Un secret chasseur je suis :
Quand j'ay ce que je poursuis
Jamais je ne corne prise.

Passerat provoque naturellement la comparaison avec les poètes de son temps. Ces comparaisons, quand elles ne sont pas en parallèles ambitieux et vides, mais qu'on les serre de près en les faisant porter sur les choses, peuvent être vraiment intéressantes. Nous pouvons rapprocher encore notre poète d'un autre contemporain. Qu'on prenne l'*Elégie sur la mort d'une linotte*, et que l'on compare cette pièce à celle de du Bellay sur la mort d'un petit chien, de *Peloton*, tout l'avantage pour la grâce, aussi bien que pour la brièveté, restera au poète le moins célèbre, et incontestablement le moins grand :

Un entendement d'homme estoit en ceste beste
A remarquer les gens, à leur faire la feste,
Sautelant et sifflant, et lorsqu'on le traitoit,
S'approchoit de la main et les doigts béquetoit :
C'estoient ses grands mercis; puis en l'air remontée
Disoit quelque chanson non encore chantée.
La petite mignarde à peine avoit loisir
De boire et de manger pour nous donner plaisir.

La mort de cette linotte favorite, presque aussi bien
douée en gentillesse que le moineau de Lesbie, arriva au
temps où Passerat fut blessé à l'œil, et le poète suppose
que l'oiseau en est mort de tristesse. Il finit par ce poétique adieu :

> Adieu donques, linotte, adieu, gentil oiseau :
> Je m'en vais en pleurant te dresser un tombeau
> Sous ces jeunes lauriers, car tu mérites d'estre
> Et vive, et morte, auprès de ce qu'aime ton maistre.

Les lauriers, il se les promettait bien. En d'autres vers,
il se représente l'espérance comme une fée aux grandes
ailes vertes, et l'espérance lui a soufflé de bonnes inspirations, car elle lui a dit que son nom vivrait :

> Un peu de fruits j'ai cueilli cet automne
> En mon jardin, Monsieur, je vous les donne :
> Ils sont de garde, et crois que les hivers
> N'empescheront qu'ils ne soient toujours verts,

dit-il à M. de Bellassise, trésorier de l'épargne. Ce M. de
Bellassise, sans doute, avait été le bienfaiteur de notre
poète qui, comme tous les poètes, a vu quelquefois la
fortune peu souriante. Il finit avec grâce cette pièce de
l'*Espérance* où sont les vers que je viens de citer :

> Cette Déesse, alors que de tout point
> J'estois destruit, ne m'abandonna point,
> Ains me mena frapper à votre porte
> Dont nul ne sort que confort n'en rapporte,
> Comme je fis ; et pour ce j'y recours
> Cherchant aide (1) où je trouvay secours.

La plus connue de toutes les poésies de Passerat est sa

---

(1) On prononçait *aïde* de deux syllabes.

jolie pièce de la *Métamorphose d'un Homme en Oiseau*.
On a dit souvent que cette pièce est dans le ton et dans le
goût de La Fontaine : nous le redirons encore, parce que
cette remarque est nécessaire à notre sujet, et que d'ailleurs on la peut rajeunir en marquant bien le degré de
parenté par la citation des vers à l'appui.

Il épousa (le bourgeois de Corinthe destiné à subir la
métamorphose qui en fera l'oiseau lamentable du printemps) :

> Il épousa une femme gentille,
> Belle, en sa fleur, fine, accorte et subtille,
> Dont Cupidon le sceut tant enflammer,
> Qu'il l'ayma trop, si l'on peut trop aymer.

Quelqu'un qui aurait un peu oublié son La Fontaine,
et à qui on lirait cela comme du La Fontaine, y serait
bien aisément pris :

> Amis, heureux amis, voulez-vous voyager,
> Que ce soit aux rives prochaines,
> Soyez-vous l'un à l'autre un monde toujours beau,
> Toujours divers, toujours nouveau.

(LA FONTAINE, *les Deux Pigeons*.)

On aime à faire alterner en un dialogue ces voix déli-
cieuses :

> Le ciel qui voit un si cruel martyre
> En prend pitié, et enfin l'en retire;
> Car une fois de douleur consumé,
> Comme il menoit son deuil accoutumé,
> La voix lui fault, et par miracle estrange,
> La bouche ouverte en un long bec se change.

Ah! le joli La Fontaine! — Eh non! c'est du Passerat.

On pourrait répéter ce jeu sur presque tous les vers de

cette pièce, et constater la parenté. Mais ne mettons point cette obstination à rechercher la filiation qui serait très-imaginaire. La Fontaine n'a point imité Passerat : il a pu l'étudier, il l'a aimé sans doute, et l'heureux naturel a fait le reste. Leur double génie est un double fruit heureux et venu à point sur un rameau unique arrosé de la même sève. *Ramis felicibus arbos.* Sous les haleines propices il a germé de ce terroir de Champagne où la naïveté et la finesse viennent à souhait; sous l'ombre de ses branches entrelacées, ils se donnent la main, ces trois heureux génies, Amyot, Passerat, La Fontaine.

Le grand poète Ronsard, qui n'était pas un envieux, mais qui mettait à leur place et attirait non loin de lui les meilleurs de cet âge de la poésie et des saintes ardeurs, a dit généreusement, et avec raison, en parlant de Passerat (c'est Claude Binet qui nous rapporte cela dans la vie du poète vendomois) :

« Il a si purement écrit, qu'il me fait désespérer de voir jamais notre langue en plus haute perfection. » Et il lui adressait sa pièce d'*Hylas* où on lit ce témoignage qui est plus et mieux que la banalité de l'éloge littéraire réclamant l'échange :

> . . . . . . Et si à gré tu l'as,
> J'en aimerai mon présent davantage,
> D'avoir su plaire à si grand personnage.

Il y a là un ton de déférence très-propre à marquer la grande position que Passerat, par son enseignement, par ses œuvres et par son caractère, s'était conquise en ce monde des talents et de la poésie.

Passerat, comme Rapin et Baïf, comme Etienne Jodelle et le comte d'Alsinois (anagramme de *Nicolas Denisot*), a composé des vers mesurés et rhythmés à la façon grecque et latine. Tout le monde cite les vers de Jodelle :

> Phœbus, Amour, Cypris, veut sauver, nourrir et orner
> Ton vers, cœur et chef, d'ombre, de flamme, de fleurs,

et ceux de Denisot :

> Vois de rechef, ô alme Vénus, Vénus alme, rechanter
> Ton los immortel par ce poète sacré,

lesquels, à vrai dire, ne donnent pas une haute idée du genre. Je préférerais encore une pièce de Passerat en vers saphiques et rimés qu'on ne cite guère, et qui a une certaine grâce :

> On demande en vain que la serve raison
> Rompe pour sortir l'amoureuse prison :
> Plus je veux briser le lien de Cypris,
> Plus je me vois pris.
>
> L'esprit insensé ne se paist que d'ennuis,
> Plaintes et sanglots, ne repose les nuits :
> Pour guarir ces maux, que l'aveugle vainqueur
> Sorte de mon cœur.
>
> Prens pitié des tiens, tire hors de mon flanc
> Tant de traits lancés, enivrés de mon sang.
> Moindre soit l'ardeur de ton aspre flambeau,
> Archerot oyseau.
>
> Ou, si mon tourment renouvelle toujours,
> Il me faut trancher le filet de mes jours.
> Sur ce triste enfant je seray le plus fort
> Quand je seray mort.

Mais je préfère dire franchement que la saine raison, la bonne critique poétique, condamnent ces essais qui sont le plus mauvais côté de la tentative rénovatrice du seizième siècle, et qui font une violence inutile à la langue française. La langue française, en effet, n'a point, comme la langue latine son aînée, une prosodie arrêtée, fixe et connue d'avance. Le poète qui essaie ces vers rhythmés marche sur un terrain mobile et perfide qui menace à chaque pas de s'enfoncer, et qui manque souvent sous ses pieds.

Tous les vers (ou du moins presque tous) que nous avons eu occasion de citer jusqu'ici sont tirés du recueil publié du vivant de Passerat même, par la veuve Patisson, dont le privilège est daté du 1ᵉʳ août 1602, six semaines avant la mort de l'auteur. Mais qui ne connaîtrait le poète que par ce recueil, le connaîtrait fort incomplètement. Il y a une autre édition de ses œuvres publiée quatre ans après par le neveu de Passerat, Rougevalet, greffier de l'Election de Troyes, dont le nom doit être prononcé par nous avec reconnaissance. Cette édition (L'Angelier, 1606) n'est, pour la première partie, que la reproduction du recueil français de la veuve Patisson, 1602 ; mais cela ne forme en tout que 90 pages de la nouvelle édition. Tout le reste du volume, de la page 91 à la page 464, se compose d'œuvres inédites, sauf l'*Elégie sur la mort d'une linotte*, qui, mise dans cette seconde partie, aurait dû figurer dans la première. L'Angelier ne reproduit pas le *Chant d'allégresse* de 1564, ni les vers de la *Satyre Ménippée;* mais il nous donne en revanche l'*Hymne de la Paix* (1562), publié chez Buon, en 1563, et la *Complainte sur la mort d'Adrien Turnèbe* (Frédéric Morel, 1565).

Tout le reste était nouveau dans l'in-octavo de 1606. Parmi les pièces qui nous sont offertes pour la première fois, il y a beaucoup de vers de société, des *Etrennes* à divers membres de la famille de Mesmes, surtout à Mˡˡᵉ Judith de Mesmes, qui semble avoir été la favorite du poète, beaucoup de vers comme tous les poètes en laissent après eux, et qu'on ne devrait pas perpétuer après leur mort, car ils n'étaient faits que pour l'heure présente ; mais il y a aussi beaucoup de pièces exquises, achevant cette figure du poète, et méritant la place qu'on leur a donnée.

On y retrouve les vers adressés à Henri III, avec la traduction de quelques vers du VIe livre de l'Enéïde de Virgile (1606, p. 151) :

Excudent alii spirantia mollius æra.

Ces vers rappelaient le Roi des Mignons, occupé de je ne sais quel travail de grammaire et de commentaire dans l'Académie du faubourg Saint-Marceau (1), à l'observation de ses devoirs plus sérieux de roi. Henri III, malgré la bonne volonté de quelques courtisans, eut le bon goût de ne se point fâcher de cette liberté du poète. Comme on le noircissait à cette occasion près du roi, il s'excusa, mais en rejetant l'épigramme, avec une pointe de plus, sur les nouveaux *Académiques :*

> Si j'ai failli, jugez-en, sire,
> Qui savez mieux faire que dire,
> Comme ont appris les plus grands rois.
>
> Mais si cela seulement pique
> Quelque petit Académique,
> Laissez aller les combattants :
> Qui me voudra livrer bataille,
> Que hardiment sa plume il taille,
> Vous en aurez du passe-temps.

Passerat n'avait pas le tempérament académique : il avait bien trop de liberté, trop de verve et de plume.

---

(1) Chez Baïf, ce poète qui se plaignait toujours de la fortune, et qui avait sa maison de plaisance, sa villa.

Notre poète a fait un assez grand nombre de sonnets.
Je n'en trouve qu'un seul vraiment distingué :

> Comme une tendre fleur de cette humeur nourrie
> Que l'aube fait tomber au mois plus souhaité,
> Va tousjours accroissant sa grâce et sa beauté,
> Et semble que le ciel à elle seule rie;
>
> Mais s'il advient aussi que la fleur tant chérie
> Demeure sans rosée aux grands jours de l'esté,
> Tout ce qu'elle a de beau soudain lui est osté :
> Morne, on la voit flestrir et cheoir sur la prairie.
>
> Ainsi vostre bel œil m'eslève et me nourrit,
> Fleurissant en amour, cependant qu'il me rit.
> Mais hélas! si de moy sa faveur il retire,
>
> Comme un lys qui se meurt faute d'estre arrousé,
> Je langui, je flestri, de vigueur espuisé,
> Et d'où venoit mon bien, de là vient mon martyre.

L'auteur de la ***Métamorphose d'un Homme en Oiseau***
n'a point cet art merveilleux qui relève le sonnet et le
porte en quatre pas au terme tout d'abord entrevu, et
assez haut placé pour offrir une conquête difficile.

Parmi ces sonnets, il en est un qui met en perplexité
l'abbé Goujet; c'est celui qui commence ainsi :

> Retournant d'Italie au bel air de la France.

Passerat a-t-il été en Italie? Le critique se croit autorisé à le penser et à l'affirmer : le poète a été à son heure
attiré sous le beau ciel de l'Italie où il retrouvait les traces
d'Amyot, de du Bellay, des plus chéris entre les compa-
triotes. Voilà ce qu'il est permis de conjecturer. Mais il
faut s'en tenir à la conjecture (1). Disons pourtant que

____

(1) L'abbé Bégat a-t-il eu des mémoires particuliers sur Passerat,
qui l'aient autorisé à écrire ce qui suit, alors qu'il semble rattacher

dans une élégie (p. 350, Ed^{on} de 1606) nous rencontrons Passerat à Lyon après une absence de *onze mois,* et pleurant sur sa maîtresse morte à Paris : n'est-ce pas pendant cette longue absence du poète qu'on pourrait placer le voyage d'Italie?

Cette élégie mérite plus qu'une mention en passant : insistons-y un peu. La maîtresse de Passerat, morte à Paris, de la douleur, pense-t-il, de ne pas voir son poète absent depuis près d'un an, lui apparaît, et dans des vers touchants, l'engage à vivre : elle ira lui garder sa place, mais pour plus tard, aux *Champs Elyséens :*

> Donques, mon cher ami, que ton cœur ne lamente :
> Restes ici content pour me rendre contente.
> Ainsi les jeunes ans que la mort m'a ostés,
> Mieux employés ailleurs soient aux tiens adjoustés.
> Quand nous autres mourons, c'est bien peu de dommage ;
> Mais quand un pasteur meurt, qui est de Dieu l'image,
> Son troupeau en endure, et presque en un moment
> Survient en son mesnage un triste changement.
>
> . . . .
>
> Si tu ne l'as de toy, aies de moy pitié,
> Toujours de ta douleur je porte la moitié :
> Les autres passions par la mort sont esteintes,
> Non celles que l'Amour en l'esprit a empreintes :
> Elles ne meurent point, et dedans le cercueil

---

le voyage d'Italie de Passerat au séjour que le poète fit à Bourges, alors qu'il rencontra Alphonse d'Elbenne, depuis archevêque d'Alby? Voici comment s'exprime l'abbé Bégat (*Eloge de Passerat, Mémoires du Lycée de l'Aube,* an x, p. 40) :

« La passion des lettres a bientôt fait des amis de ceux qu'elle enflamme. D'Elbenne était de Florence et voulait s'y rendre. Passerat l'y suivit, autant pour répondre au vœu de l'amitié que pour accomplir celui qu'il faisait depuis longtemps, de visiter l'immortelle patrie de Cicéron et d'Horace, de parcourir ses salons, de consulter ses bibliothèques, au défaut des grands hommes qu'elle a vus naître. »

Cet éloge de Passerat est assez ambitieux quoiqu'il soit assez vide. Il y a pourtant du bon dans l'appréciation que l'abbé consacre à l'ex-

L'Amant sent de l'Amant le plaisir ou le deuil.
Puisque j'auray ma part de ta joie ou tristesse,
Chasse le desplaisir, suy l'honneste liesse.
Te voyant resjouir, je me réjouiray
Dans le ciel estoilé où d'ici m'en iray.
Car des esprits divins le ciel est l'héritage,
Tout ainsi que les corps ont la terre en partage.
Et quand tes jours heureux tu auras achevé,
Au clair palais des dieux tu seras eslevé,
Où les feux rassemblés de nostre amour première
A un astre nouveau fourniront de lumière.

Un doute sera venu au lecteur comme à moi-même : Passerat qui n'était *pasteur* d'aucune façon (1) n'aurait-il fait que prêter sa plume à une douleur étrangère? Il me serait pénible de le croire. Quoiqu'on puisse penser de ce scrupule, ce sont là des vers d'une rare et exquise délicatesse de touche. On ne peut, après les avoir lus, et

---

plication jadis donnée par Passerat des *Commentaires* de César (p. 37), et au livre *De Cognatione Litterarum* (p. 43).

Au reste, le d'Elbenne de Passerat est aussi celui de Baïf :

> Que franc de passion par la seule lecture
> De mes vers amoureux tu conçoives l'amour !
> D'Elbenne, il seroit vrai que la nuit fut de jour,
> La chaleur en hiver, en esté la froidure.
> Trompe quelque apprenti, moi rusé je m'assure
> Que du fils de Vénus ton cœur est le séjour;
> Les signes en sont clairs, ne va point à l'estour,
> Confesse que tu sens l'amoureuse pointure.
> En cet âge garni de toute gentillesse,
> Une façon pensive, un parler à soupirs,
> T'accusent de servir quelque belle maistresse.
> Je prévois bien qu'Amour, et Vénus et les muses
> Te dicteront des vers qui, pleins de chauds désirs,
> Te convaincront de faux, descouvriront ta ruse.

(BAÏF, *Div. Amours*, t. I, p. 174.)

(1) Ménage a pourtant appelé du Bellay

> Ce *pasteur* d'éternelle mémoire.

C'était un peu la mode, même avant des Yveteaux, de mettre des houlettes dans la main des poëtes.

tant d'autres aussi, que trouver plaisant le critique plus que naïf qui nous dit (1) : « Il y a très-souvent d'heureux tours et de beaux vers dans ses poésies, et l'on voit par là qu'il ne manquerait à Passerat, pour réussir parfaitement, qu'être né cent ans après. »

Cent ans après, le malin Passerat qui se gausse là-haut des poètes à perruque et à alexandrins doit bien rire de ce souhait du savant et naïf critique. Quelle belle figure il aurait faite à la première représentation des *Frères ennemis* et d'*Alexandre!* Comme il aurait applaudi de bon cœur à *Brutus Dameret!*

Passerat a pris à volonté tous les tons, tous les accents, tantôt gai et léger, tantôt élégiaque, tendre et touchant. Et il a trouvé encore à un certain jour le ton de l'églogue vraiment champêtre, vraiment paysanne. On loue beaucoup — dans des littératures qui ne sont pas la nôtre ni ses sœurs — des églogues au parfait naturel. Gay et sa *Semaine aux champs* viendra à la pensée de tout le monde. Voici une églogue de notre Champenois où cette précieuse qualité du naturel qui ne fait pas du berger un seigneur et de la bergère une princesse, se trouve à un remarquable degré : c'est l'églogue intitulée : *Catin* (p. 139-42). Janot prie d'amour Catin :

> En aucune saison ne me fault le laitage,
> J'ay toujours des agneaux, que veux-tu davantage?
> Je reviens du marché portant les poings pesants
> De beaux douzains tout neufs, pour t'avoir des présents.
> Veux-tu un demi-ceint? des beaux rubans de soie?
> Quelque bel épinglier? Une bourse de Troye?

---

(1) **Dans** un article développé de la *Bibliothèque ancienne et moderne* où l'on trouve d'ailleurs de très-bonnes choses, où l'on désirerait seulement quelques détails bibliographiques exacts.

Mon bien est tout à toy, sans rien te refuser :
Cesse tant seulement, cesse de m'abuser.

. . . .

Ayme celuy qui t'ayme, et ne me sois si dure,
Puisque tu vois à l'œil combien pour toy j'endure.
Maintenant les faucheurs vont raguiser leurs fauls.
Les uns à leurs rasteaux fichent des dents nouvelles ;
D'autres mouillent l'estrain pour lier les javelles.
Les moissonneurs lassés donnent trève aux moissons,
Les lézards sont tapis dans l'espais des buissons.

Passerat a fait jusqu'à des vers pieux ; il a traduit une hymne de saint Clément d'Alexandrie, des oraisons à Notre Seigneur, à la Vierge ; mais il était mourant, il était hors de son genre, il récitait ces vers en jetant au feu ses commentaires sur Rabelais, et s'il faisait beaucoup pour le salut de son âme, il faisait peu pour sa gloire littéraire.

Il est plus piquant alors qu'il écrit d'une plume gaillarde, avec la liberté que le temps autorisait, certains *Quatrains Fescennins*. Je l'aime mieux quand il dicte cette simple épitaphe :

Jean Passerat ici sommeille,
Attendant que l'Ange l'esveille,
Et crois qu'il se réveillera
Quand la trompette sonnera.
S'il faut que maintenant en la fosse je tombe,
Qui ay tousjours aimé la paix et le repos,
Afin que rien ne poise à ma cendre, à mes os,
Amis, de mauvais vers ne chargez point ma tombe.

Ce souhait ne devait pas être accompli.

Malgré cette diversité de talents et de succès, en dépit de la poésie, de l'éloquence et de l'érudition qu'il appelait à son gré, Passerat, comme tous les poètes, a eu ses dépits contre les Muses, contre la poésie. Une fois même il leur a dit adieu, mais il leur a dit adieu en vers, ce qui est toujours rassurant, et en suppliant Apollon de ne lancer point contre lui sa sagette (*contre Phœbus et les Muses*) :

> Un de vos serviteurs veut de vous congé prendre,
> Veut s'en aller ailleurs chercher la liberté
> Qu'il perdit dès le jour que l'eustes arresté,
> Charmé de vostre voix et du son d'une lyre.

Il en parle avec trop de tendresse encore pour être bien guéri. — Le poète n'est pas guéri, pas plus qu'un amant qui a dit cent fois adieu à sa maîtresse. Après environ quatre cents vers, il ne peut se décider à dire le dernier mot :

> Ha ! Muses, laissez-moi, votre douce folie,
> Tant plus je parle à vous plus doucement me lie.

Passerat est bien du seizième siècle par un certain côté. Ce siècle a bien essayé à tort et sans succès de greffer sur la langue de Marot celle d'Euripide et de Sophocle, celle aussi de Virgile et d'Horace ; mais il a un grand mérite, c'est de donner à la pensée son vrai vêtement, de ne reculer pas devant les mots justes, quand même ils effaroucheraient la pruderie, devant les tours naturels, quand même ils auraient une certaine tournure brusque et téméraire. Rabelais avait donné à cet égard des exemples qui n'ont pas été perdus pour la poésie. Ronsard, Baïf et du Bellay ne reculent point à l'occasion devant les crudités du verbe et du substantif. Passerat, lui aussi, a l'expression franche et hardie :

> Sans crainte d'estre long, je conterois ici,
> Muses, combien de mal vous endurez aussi,
> Le visage plastré, plat et vague le ventre,
> L'œil rouge et enfoncé, l'obscurité d'un antre

Qui vous sert de palais, comment vostre Apollon
Ne vous peut garantir du souffle d'Aquilon,
Quand vous allez dormir ou sous la roche dure,
Ou sous un chêne creux, au cœur de la froidure.
De vous ni de Phœbus plus rien je ne diray,
Mais de vos favoris les malheurs j'escriray.
Le harpeur thracien que l'amoureuse flamme
Fit descendre aux enfers pour ramener sa femme,
Sans elle retourné au séjour des vivants
Près du fleuve Strymon pleura sept mois suivans.
Rien ne lui profita, Calliope sa mère,
Rien le luth enchanteur encontre sa misère.

. . . .

Plus heureux ne fut pas ce grand poète Homère
Destitué d'amis, privé de la lumière,
Qui sans cesse endurant et la soif et la faim,
Alloit chantant ses vers pour un morceau de pain.

Et s'il faut citer maintenant pour faire contraste des
vers qui ont tout le charme et toute la grâce, les plus
aimés de la Pléiade n'ont pas des bonheurs d'expression
plus séduisants que notre poète en ce passage :

Entr'approchez vos lèvres corallines,
Bord contre bord, comme conques marines.
Comme la vigne embrasse des ormeaux,
En cent replis, le tronc et les rameaux,
Ainsi l'amour qui vos deux cœurs rassemble
Serrés vous tienne estroitement ensemble.

D'aise ravis, vos yeux sans se mouvoir
Ne soient jamais soulés de s'entrevoir.
Vostre devis au petit bruit ressemble
Que fait Zéphyr soupirant en un tremble,
Ou comme on oit l'abeille murmurer
Autour du thym qu'elle vient d'effleurer.

Je citerai encore un passage empreint d'une beauté
sereine et haute. C'est le début de la *Corne d'abondance* :

La lune aux rais d'argent avoit chassé le jour,
Quand bruslé des deux feux et d'esté et d'amour,

> Je cherchois la fraîcheur par les astres versée,
> Accompagné d'ennui et de vaine pensée.

Marie-Joseph Chénier se souvenait-il de ce passage quand il écrivait ces beaux vers de la Promenade :

> Le troupeau se rassemble à la voix des bergers ;
> J'entends frémir du soir les insectes légers ;
> Des nocturnes zéphyrs je sens la douce haleine ;
> Le soleil de ses feux ne rougit plus la plaine,
> Et cet astre plus doux qui luit au haut des cieux
> Argente mollement les flots silencieux.
>
> . . . .
>
> L'espérance lointaine et les vastes pensées
> Embellissaient mes nuits tranquillement bercées.

Il n'y a pas eu d'emprunt assurément ; mais l'inspiration est la même, mais le sentiment est tout pareil.

Tel est Passerat poète. Je l'ai étudié, je crois, complètement, parce qu'il est une des figures les plus complètes, au moins pour l'ornement, dans la galerie de nos poètes du seizième siècle : il n'a pas eu la puissance d'innovation, il a eu les grâces et les bonheurs de la poésie. Il n'a pas, comme du Bellay, écrit l'*Illustration de la langue française ;* il n'a pas eu la grandeur poétique de Ronsard, la force de lutte et de création qui, chez l'illustre Vendomois, secouait et faisait vibrer toutes les fibres lyriques, pour les odes, pour les hymnes, pour les élégies, pour les sonnets, merveilleux sonnets! Le poète champenois a eu, lui, le naturel piquant, la gaieté libre et facile, l'émotion tendre, et les bonheurs de la forme : c'est là encore un assez beau lot.

L'honnête abbé Goujet, qui est un précieux érudit, mais un faible critique, reproche à Passerat de n'avoir pas veillé aux enjambements, aux élisions, d'avoir par-

tout mis l'hiatus, d'avoir mis, quoique plus rarement que
les poètes contemporains, les transpositions de mots, les
contractions dures et forcées, les mots nouveaux : —
c'est absolument comme on si on reprochait à Rutebeuf
de n'avoir pas écrit dans la langue de Quinault, à Rabelais de ne s'être pas avisé du goût de Mlle de Scudéry. En
somme, au dire du critique du dix-huitième siècle, il ne
manque au poète du seizième que d'être venu cent ans
plus tard. Jean Le Clerc pensait comme l'abbé Goujet :
tant pis pour deux bons esprits.

III.

A la vie de poète cependant se mêlait la vie de savant
et de professeur. Il y avait en ce temps-là au Collège
Royal un mouvement très-prononcé et très-vif parmi les
Professeurs et Lecteurs. L'Antiquité plus que renaissante
livrait tous ses trésors, et chacun y voulait sa part noblement conquise par de solides travaux. C'était à qui réta-
blirait, commenterait, compléterait et discuterait ces
textes précieux. Sous ce point de vue particulier au
moins, sans que je veuille faire tort au Collège de France
d'aujourd'hui, j'ose bien affirmer qu'il n'est assurément
qu'une image bien imparfaite du Collège Royal d'alors :
que sont, près des élans passionnés et savants de ce
temps, ces cours peu inventifs, cette physionomie peu
animée, ces ardeurs refroidies?

Mais les professeurs alors s'appelaient Vatable, Géné-
brard, Pierre Danès, Turnèbe, Daurat, Lambin, Ramus,
Passerat, Frédéric Morel, tous noms qui sont le durable

honneur de l'érudition, et quelques-uns même de l'éloquence.

Passerat, comme professeur d'éloquence latine, tient noblement sa place dans cet ensemble excellent. De ce long enseignement qui a embrassé un quart de siècle (1572-1597, avec la seule interruption de 1593), il ne nous reste, outre un grand Commentaire sur les élégiaques latins, dont nous reparlerons, que le petit volume des *Orationes et Præfationes,* donné en 1606 par Rougevalet. Une deuxième édition de ce volume a été donnée en 1637, et l'abbé Goujet nous apprend que derrière le libraire Mathurin Hunault était Guy Patin en personne. Et je crois que l'abbé a raison; car je vois que l'éloge de Passerat, par Papyre Masson, inséré dans cette édition, avait été communiqué à l'éditeur par M. Claude Belin, médecin à Troyes, qui, en effet, fut l'ami et le correspondant de Guy Patin. Et d'ailleurs, sous le latin de la *Dédicace* du livre, adressée à un autre médecin, Charles Guillemeau, on reconnaît la manière et le piquant du célèbre professeur en médecine, il veut tirer ces excellentes improvisations de l'oubli où elles retombent et où les replongeraient volontiers certains drôles (*nebulones*) de la littérature, envieux et impuissants.

Guy Patin n'y mettait pas plus de façons avec les confrères dont il avait à se plaindre. Il nous a d'ailleurs rendu service en remettant en lumière ces *Discours d'ouverture* qui, sans son édition, seraient bien rares aujourd'hui, et où il y a de la bonne érudition et de l'excellent badinage.

Amo te quod Plautum amas, amores meos, écrivait Passerat à un de ses amis que je pense être Nicolas Rapin. (*Orationes et Præfationes,* p. 173.) Passerat aimait

Plaute, c'est à lui surtout qu'il a demandé les grâces et l'esprit de la muse latine. Cependant il ne s'est pas enfermé dans le théâtre du vieil auteur favori; il a fréquenté Salluste et Cicéron, et les poètes élégiaques, Catulle et Properce, et Ovide. Enfin il a abordé Virgile, toujours avec fermeté, avec abondance de citations et de rapprochements. Sur les élégiaques, il nous reste un monument plus étendu de ses travaux, le *Commentaire* sur Catulle, Tibulle et Properce. Quel dommage que les travaux de l'érudition, toujours faits, soient toujours à refaire, que les savants ne puissent jamais accepter les travaux de leurs devanciers que comme des matériaux pour refaire d'autres livres, jamais mieux faits, souvent plus mal, et presque toujours comme un but à la contradiction nécessaire, une cible où l'on envoie des arguments et des démentis! Le Commentaire de Passerat sur Catulle, Tibulle et Properce, est un travail achevé et qu'on pouvait croire définitif. On l'a recommencé depuis, l'a-t-on mieux fait? La critique allemande ellé-même a-t-elle été à cet égard plus ferme, plus solide, plus abondante? Passerat, qui est un esprit français, c'est-à-dire un esprit net, peu amoureux des conjectures sans fondement et des vues ambitieuses, a donné, pour l'éclaircissement des trois élégiaques latins, tout ce qu'on peut désirer; il a fait tous les rapprochements ingénieux et érudits que peut provoquer ce texte qu'il rétablissait souvent et élucidait toujours; il les a faits pour le plus grand avantage des Tissot, des Nisard et des Patin des siècles postérieurs, et je crois que ceux-ci ne se sont pas fait faute de fouiller tout à leur aise dans cette mine inépuisable.

Frédéric Morel, collègue de Passerat au Collège Royal, s'est fait, dans une épigramme latine assez belle, l'interprète de la reconnaissance des trois poètes latins qui vien-

nent poser sur la tête de leur commentateur une triple
couronne.

Ce livre qui se présentait comme étant seulement un
commentaire sur les poètes latins, contenait en réalité
dans la première partie une édition des trois élégiaques,
et cette édition était le résultat des travaux mêmes de
Passerat. Les libraires avaient en ce temps l'habitude de
donner plus qù'ils ne promettaient : la mode a été bien
retournée depuis. C'est dommage cependant! Cette édition et ce commentaire forment un vaste in-folio, et nos
mains ont autant de peine à soulever cette masse que nos
soldats en auraient à lancer les pierres dont Ajax fils de
Télamon blessait le fils d'Anchise. Ce terrible in-folio
contient au frontispice une vue de Paris assez singulièrement placée en tête des poètes de l'ancienne Rome : cette
vue, très-curieuse au reste, donne une idée assez exacte
du Paris de 1600, avec ses innombrables clochers, ses
ponts groupés sur la partie de la Seine qui se rapproche
de Notre-Dame, et totalement absents plus haut et plus
bas, ses maisons où il ne semble guère que circulent l'air
et le jour, ses tours flanquant le mur d'enceinte, ses mou-
lins à vent sur les collines avoisinantes, occupant l'em-
placement de nos châteaux et villas d'aujourd'hui, avec
les villages enfin de sa banlieue alors plus clairsemés.
Cette curieuse gravure que je recommande aux amateurs, et où le fuyant de l'eau est surtout reproduit avec
une certaine vérité est due au burin d'un graveur nommé
Gautier, et datée de 1601.

Le livre parut en 1608, dédié par le neveu de Passerat, M. de Rougevalet, au duc de Sully. C'était justice.
Dans la *Préface* des OEuvres françaises qui est au devant
de la précieuse collection l'Angelier, nous voyons que la
libéralité du duc de Sully n'était pas plus étrangère que

le zèle de Rougevalet lui-même, à la publication des œuvres posthumes du célèbre troyen. Cependant *une partie* seulement de ces écrits, nous l'apprenons par cette même préface, était en lumière. Nous le voyons pourtant, c'était la main de Sully, cette main parcimonieuse de surintendant, qui s'ouvrait pour doter la France de la plus belle portion des œuvres du poète : gardons-en mémoire et reconnaissance à l'illustre ministre de Henri IV.

Gardons-la lui double, car Passerat lui-même avait eu de son vivant à se louer du bon vouloir actif de M. de Sully, au temps où les lecteurs royaux étaient payés de leurs gages le moins possible et quelquefois même oubliés complètement. Le surintendant dénoua une fois les cordons de la bourse un peu trop serrés par la main du maître. J'ai rapporté précédemment cette anecdote caractéristique, parce qu'elle a toutes les marques de la vérité, qu'elle est la vie, et que la brusquerie obligeante du duc de Sully s'y peint admirablement, aussi bien que l'humeur caressante du roi, toujours porté à donner de bonnes paroles à défaut d'autre chose.

Passerat, peu payé, ne s'en faisait point une excuse à des manquements d'aucune sorte. Il s'excuse bien une fois (*Præfatiuncula*, c'est le 29ᵉ morceau des *Orationes et Præfationes*) d'être resté chez lui tout un hiver : il a fait comme ce soldat qui s'absentait du camp pour suivre une amie : l'amie que Passerat a poursuivie est *la santé*. Cela devait se dire avec un sourire singulièrement atténuant. Ne prenons donc point trop au sérieux le professeur du seizième siècle ; et s'il l'a fait comme il l'a dit, si un jour il a mieux aimé le coin du feu de l'hôtel de Mesmes et les causeries à huis-clos que l'auditoire du Collège Royal, pardonnons-lui de bon cœur.

Passerat d'ailleurs donnait plus au devoir qu'à l'envie

de s'enrichir ou même au désir de faire de l'esprit. Aussi comme le docteur de Sorbonne Edmond Richer lui demandait un jour pourquoi il ne se donnait pas aussi lui, le plaisir de dire un peu de mal des livres du prochain, « J'ai mieux que cela à faire, » répondit fièrement Passerat; « je n'ai pas le temps de faire des excursions hors de mon domaine de maître et de professeur. »

Mieux que cela à faire, je le crois sans peine ! Il avait sa langue maternelle à enrichir de poésies dignes d'un ancêtre de La Fontaine, tous ces grands anciens à reconnaître et à interpréter, toute son œuvre à faire, tous ses amis à charmer de doctes ou piquants entretiens. C'est bon pour un Scioppius, ce métier de médisant, non point pour un Passerat.

Au reste, notre champenois, quand il voulait railler, savait fort bien s'y prendre, et sans dire des injures. Qu'on parcoure par exemple le volume des *Orationes et Præfationes*. Passerat, qui était du métier, connaissait bien les Commentateurs, et il s'en moquait d'une manière piquante, en les imitant quelquefois. Il allait un jour expliquer le Discours de Cicéron pour Archias, et il prévoyait l'objection qu'on pouvait lui faire : sujet usé, par lequel ont passé bien des interprètes. Qu'importe? répondit-il. Il n'en est pas des livres comme des métaux qui se polissent par l'usage et deviennent plus éclatants. Il faudrait plutôt les comparer aux chemins publics, plus boueux et plus poudreux à mesure qu'ils sont plus fréquentés, ou bien aux marchandises exposées en vente, que les doigts salissent en les touchant : ainsi, par la variété des opinions, la clarté et le brillant du livre le plus net et le plus facile s'obscurcit et se ternit. Discours X^e, *pro A. Licinio.*

En général, dans ces discours d'ouverture, Passerat

développe avec enjouement des vérités morales assaison-
nées d'un peu de paradoxe, comme, quand à propos des
Captifs de Plaute, il s'amuse à soutenir que tous les
hommes sont des captifs, esclaves de leurs passions, ou
qu'il se joue ailleurs à l'Eloge de l'Ane. (*Encomium
Asini.*)

Qu'on juge comme on voudra de ces discours, on y
doit reconnaître une fleur de latinité digne de la plus
pure Renaissance.

Passerat, à force de lire, de commenter et d'admirer
Cicéron, était devenu vrai cicéronien : cette louange lui
est décernée par l'abbé Goujet, qui admire le latin excellent de ce siècle, et qui en parle avec un regret peu dis-
simulé et peu flatteur pour les d'Olivet et autres préten-
dus cicéroniens du dix-huitième siècle. Sans aller aussi
loin que l'abbé Goujet, on doit reconnaître que le latin
de Passerat est franc et sain, nullement pomponné et
fleuri ; on doit reconnaître surtout que le lecteur royal a
eu quelquefois, et qu'on retrouve dans les *Orationes* des
bonheurs d'expression critique qui n'appartiennent qu'à
de rares élus. Quintilien aurait pu être heureux d'une
rencontre comme celle de Passerat sur Homère : il exalte
dans ce poète de la Grèce primitive *vim ac tacitam majes-
tatem ;* ces quatre mots valent mieux qu'un volume de
commentaires. Je citerai encore un très-beau mot sur
Démosthène, que notre troyen appelle avec concision
« *Eloquentiæ lumen, ac prope numen.* » (*Encomium
Asini*, p. 17.) Ailleurs, le ton change et passe à l'indignation satirique, l'indignation du savant blessé dans ses
plus vieilles et ses plus chères amitiés littéraires. Passerat, dans deux discours (le dix-huitième et le dix-neu-
vième) se plaint amèrement de la témérité de ces préten-
dus critiques qui ont corrompu les beaux fragments de

Salluste. Il s'en moque fort spirituellement, et rappelle à propos l'histoire de ce critique qui, trouvant dans les manuscrits *A. Gellius,* prétendait voir là un auteur nommé *Agellius.* « Plût à Dieu, dit le lecteur royal, que ces tentatives critiques ne fussent faites que par un petit nombre, et avec quelque réserve ! Nous aurions moins à déplorer le sort des Muses, dont il faut voir à tout instant les jardins dévastés par un nouvel essaim de correcteurs, qui sont autant de frelons. Et il ne se trouve personne pour les chasser, pour venger l'indignité et le forfait. Celui qui a falsifié l'Edit du Préteur encourt une amende considérable ; celui qui a fait un faux testament, supposé un enfant, celui qui a commis un faux, tombe sous l'application de la loi Cornélienne ; le faux monnayeur est condamné à perdre la tête. Il n'y a que ceux qui falsifient les livres, qui violent les sacrés monuments de l'Antiquité (*sacro-sancta*) qui aient le droit de passer l'éponge impunément sur ce qu'ils veulent : ils effacent, ils ajoutent, ils dénaturent, ils retournent tant de fois le *style* (*stylum,* ce avec quoi les anciens écrivaient, Passerat est très-classique) que vous voyez dans une page plus de ratures que de lettres. Et ils ne cessent de griffonner et de prendre sous leur bonnet, qu'ils n'aient fait à peu près un livre nouveau. A moins qu'ils ne prétendent que de changer toutes les parties, cela ne change pas le tout, comme on le soutenait dans les écoles des philosophes à propos du vaisseau de Thésée.... Si contre ces donneurs de fard se levait en pied tout d'un coup quelqu'un de ceux dont nos mains usent les écrits, que ce soit, si vous voulez, Salluste, assurément il se cherchera lui-même dans ses propres livres, et il admirera la libéralité sans mesure de ces inconnus qui n'attendent point qu'on les prie pour donner leur petit butin à qui est si riche.....

Personne, dit Varron, qui ait l'esprit sain, lorsqu'il vend une chèvre ne la promet sans fièvre ; car leur dent et leur salive, de l'aveu de tous, est un poison pour les arbres, et c'est de là qu'on les appelle *capræ*, *quod carpant omnia*..... Ainsi ces chèvres à deux pieds, ou plutôt ces boucs, sont travaillés par une fièvre perpétuelle qui les dispose à mordre toutes choses : ce qui ne les empêche pas de se croire des Chiron et des Podalire, et de parler d'eux-mêmes avec une vanité pareille à celle de ce médecin des *Ménechmes* de Plaute, qui se vante d'avoir bandé la cuisse rompue d'Esculape, et remis le bras à Apollon. »

Ainsi le savant se moque avec agrément et sûreté de goût de ceux qui n'ont ni la grâce des paroles, ni le goût sûr.

Passerat qui, en son Collège Royal, avait tant foulé les sentiers de l'Antiquité, tant parcouru de belles choses, tant étudié ces grands livres classiques, a fait, outre son livre sur les Elégiaques latins, divers travaux d'érudit et de savant. Nous dirons quelques mots de chacun de ces ouvrages en particulier. C'est d'abord la traduction de la *Bibliothèque d'Apollodore*, demandée par Henri III. Ils ont beaucoup aimé les lettres, ces Valois, et c'est ce qui désarme dans une certaine mesure les sévérités de l'histoire. François Ier, Charles IX, ont été les protecteurs déclarés d'Amyot, et leur nom demeure attaché aux travaux de ce fondateur excellent de notre prose — je veux dire l'un des fondateurs, car je n'oublie pas Rabelais, et je n'oublie pas non plus Froissart ni Commynes. Voici maintenant Henri III, de peu royale mémoire. C'est par son ordre que Passerat avait traduit Apollodore, ainsi que nous l'apprend M. de Rougevalet dans une dédicace de cet ouvrage adressée à Madamoiselle de Bellièvre, et datée de

1605. — Ce livre d'Apollodore, qui contient les titres des
dieux et des antiques héros, devait être particulièrement
cher aux lettrés et à tout le monde, à l'époque de la renaissance des lettres où l'esprit se portait avec un renouvellement de fièvre et d'ardeur vers ce trésor de la poésie
grecque qui allait devenir pour deux siècles la nourriture
presque exclusive des intelligences de l'Europe civilisée.
Les poètes, les lecteurs allaient avec bonheur retrouver
dans ce livre les Géants, les Titans, Hercule, le navire
Argo, les Argonautes, Prométhée, Deucalion, les Cy-
clopes, Philomèle qui a fourni à toutes les pléiades tant
de vers plaintifs, toutes les images enfin, dont, pendant
deux ou trois siècles, les faiseurs de vers n'allaient ces-
ser d'user et d'abuser. Tout cela allait être rassemblé
dans un petit volume et mis à la portée de ceux mêmes
qui ne pouvaient pas aller puiser directement aux sources
grecques une érudition laborieuse. La poésie mytholo-
gique a vécu sur Apollodore, et Passerat, en vulgarisant
l'historien de la mythologie grecque, s'est rendu respon-
sable de bien des hémistiches qui se sont grossis des
mots et des noms de la fable grecque.

Mais le goût de la Mythologie s'en va, et les Apollo-
dores s'oublient. Aussi voyez ce que c'est que le choix
d'un sujet heureux en lui-même. Amyot se prend à Plu-
tarque, à ces héroïsmes familiers qui parlent au cœur de
tous, parce que tous s'en croient capables, à ces traités
moraux tout pleins de choses curieuses et de singularités
surprenantes, à Longus et à ces gracieuses inventions
d'une muse romanesque et adolescente : il a des milliers
de lecteurs; mieux que cela, il a un nom courant pour
ceux mêmes qui ne liront jamais une ligne de ses ouvrages, ce qui est peut-être la manière la plus sûre d'a-
voir de la gloire. Voici maintenant Passerat qui s'adresse

aux décorations mythologiques de la Grèce pour les transporter sur la toile française : elles n'ont plus la poésie d'Homère et d'Hésiode, qui pouvait les faire vivre ; elles sont renfermées, confinées dans la prose d'un érudit quelque peu sophiste. On va à ce livre, on lit cette prose tant que les pages de l'écrivain mythographe répondent à un besoin de fables; et puis, ce goût passé, on laisse là le livre, et personne, excepté ceux qui sont de la profession, ne sait qui donc, au seizième siècle, a traduit Apollodore.

D'autres travaux soutiennent mieux le nom de Passerat : c'est encore à l'infatigable neveu Rougevalet que nous devons le petit livre *De litterarum cognatione* (1606), auquel son auteur attachait une importance singulière : livre, en effet, d'une critique savante et ingénieuse, et qui nous indique une étude approfondie de la langue latine et des formes diverses que le génie des écrivains ou des époques, le mouvement même de la langue, y avait introduites. Le savant professeur et philologue en connaissait toutes les apparentes singularités dont il n'ignorait pas les raisons profondes : il avait noté tout cela au courant de ses nombreuses lectures des écrivains latins, et il a donné à ses matériaux la forme de vocabulaire, qui rend les recherches plus faciles. Il est encore utile pour le philologue de consulter ce petit livre, où il y a bien des articles qui peuvent lui donner à réfléchir. Bien des circonstances diverses peuvent motiver ces changements que le philologue constate ici, changements légers à l'œil et très-importants en fait, car ils vont très-souvent d'une langue à une autre exercer de grandes influences. Ces circonstances sont principalement l'affinité du son observée au point de vue de l'euphonie, l'usage qui détermine des changements et quelquefois des dépravations de prononciation, l'analogie qui, dans les dérivés et les composés, amène des substitutions de voyelles à d'autres. Passerat, en remontant à l'ancienne orthographe des mots, se rapprochait en même temps de leur source étymologique, et quand il a pu la saisir, il a eu soin de l'indiquer. Donnons seulement un ou deux exemples empruntés à notre vieil auteur, et propres à faire comprendre l'importance de ses recherches. Nous trouvons dans la langue latine le verbe *cogo*, dont la forme ancienne est *coago* : de là est venu *coagitare*, dont on a fait *cogitare*, agiter dans son esprit plusieurs choses ensemble, ce qui est le propre de la *pensée* philosophiquement considérée. Le verbe *deminuere*, en changeant son E en A, a fait *damnum;* et *damno*, par un retour à la forme première, a fait *condemno*. Je n'en dirai pas plus, ne voulant pas copier ce curieux petit livre. J'en ai cité assez pour faire entrevoir, à ceux qui réfléchissent, l'importance de ces recherches philologiques.

Joseph Scaliger, qui prétendait que Passerat était fort ignorant (1), a modifié son opinion sur le vu du petit livre *De litterarum cognatione*. « J'ai reçu, dit-il, le petit livre de Passerat, d'où nous retirerons plus de profit qu'il n'en reviendra de gloire à l'auteur. Peu de per-

____

(1) « Passerat étoit fort ignorant. *Vix octo legerat libros : bene instituebat juventutem, duo verba latine sciebat, omnes reprehendebat, non erat tantus quantus habebatur. Tricassinus erat; bonus pedanus ad instituendam juventutem.* » Cela est dans le *Scaligerana* dont on le sait, l'autorité n'est pas grande, puisque ce n'est qu'un ramassis de notes et de paroles de Scaliger fait par les secrétaires du célèbre critique, François Vertunien et Jean Vassant; ils ne se sont pas toujours piqués d'être exacts et de bannir les interpolations de fantaisie. Scaliger, d'ailleurs, a bien eu le front de traiter d'ignorants saint Augustin et saint Ambroise. Passerat, qui n'était pas si savant que l'évêque d'Hippone, a bien pu passer comme lui sur le banc des ignorants.

sonnes en sauront user. Pour nous, il nous est permis de juger de sa valeur sur ce fait qu'il n'est destiné qu'à un petit nombre d'esprits, et il y aura plus de gens incapables de le comprendre que d'esprits disposés à s'y laisser prendre (1). Pour moi, je le range au nombre des bons ouvrages. » Une circonstance qui avait pu influencer favorablement l'opinion de Scaliger, et modifier son appréciation générale de Passerat, c'est que le professeur philologue avait renvoyé souvent dans son livre aux remarques du critique ou hypercritique sur Varron.

A ce livre il faut joindre le *Conjecturarum liber* (1612) où Passerat a exposé doctement, comme toujours, et avec déploiement d'autorités et de passages à l'appui, ses conjectures sur diverses difficultés qui peuvent naître de la lecture des auteurs latins sur quelques points d'érudition, soit qu'il s'attache au fond même des choses, comme quand il recherche ce que les auteurs ont entendu par le mot *Omen, omina*, soit qu'il se prenne aux textes et restitue avec une sagacité, parfois un peu téméraire, des passages qui lui paraissent corrompus. Sur ces divers points, on peut contester son opinion; on ne lui refusera pas du moins la pénétration de l'esprit et l'invention critique judicieuse.

D'autres fois, il se délassait de ces travaux sérieux par des badinages : ainsi il s'amusait à faire l'éloge de *Rien* (*Nihil*, 1586, in-8°), éloge qui prête aux vers latins plus qu'à la plaisanterie française, vu que *Nihil*, n'acceptant pas le cortège de la négation, forme une personnification suffisamment acceptable : toute la grâce s'en perd dans

---

(1) Il y a un jeu de mots intraduisible dans le latin : *Et plures habebit qui non capiant, quam qui ab eo capiantur.*

une traduction; et pour dire le vrai, même en latin, cela est assez insignifiant.

Philippe Girard, vendomois, répondait alors par l'éloque de *Quelque chose,* et un anonyme, renchérissant, se mettait à célébrer *Tout.* Badinages plus ou moins ingénieux, plus ou moins vides, qui ne sont bons qu'à fournir une ligne à la bibliographie, et aux amateurs de raretés une occasion de faire des folies.

Je note pour les bibliographes seulement et les bibliomanes, la *Præfatiuncula in Disputationem de Ridiculis* (1595, in-8°). Les curieux, qui ne veulent que lire, retrouveront cette petite pièce très-rare dans le volume des *Orationes et Præfationes.* Ceux-ci feront bien de lire plus que le titre. C'était en 1594, après l'action et la bataille gagnée, une suite de la Satyre Ménippée. Passerat, quoique la modération fût le fond de son esprit, avait pourtant une haine, la haine de la Ligue et des Jésuites. Aussi le premier mot qu'il dit au Collège Royal fut une malédiction jetée à ces ennemis; il tonne contre ces Céthégus et ces Catilina qui, hier encore, dominaient dans les seize quartiers de Paris. Son coup-d'œil rétrospectif sur la Ligue vaincue lui montre l'Espagne envahissant la France et faisant avec orgueil procession dans Paris; il revoit le Sénat en prison, et la prison dans le Sénat. Ces accusations posthumes pourraient à quelques esprits sembler de mauvais goût; mais il est juste de nous souvenir qu'elles avaient été proférées auparavant dans le feu même de la lutte, et honorablement. Et puis, ces malices dites en latin sont relevées par un air de noblesse et d'érudition.

Voilà comme dans ces vies calmes et qui, sous la science, sous les sévérités apparentes, recouvraient bien des finesses et des gaietés encore, s'entremêlaient les so-

lides études, les jeux élégants, les grâces de l'esprit et de
la poésie, et les ardeurs vivantes et soumises de ces cœurs
épris de respect pour les lois, ne puisant les colères que
dans le spectacle des transgressions et des forfaitures, ne
déchaînant jamais les tempêtes et les apaisant autant qu'il
était en eux par l'exemple du prompt retour aux obéis-
sances légitimes.

Passerat maintenant s'est, je crois, laissé apercevoir à
nous sous tous ses aspects, et l'ensemble de sa physionomie nous apparaît suffisamment distinct. Avec un de ses
yeux sans lumière (il l'avait perdu jeune encore en jouant
à la paume), avec son visage injecté d'un sang rouge, il
n'est pas l'image de la beauté. Son portrait, peint par
Thomas de Leu, et joint à l'édition de 1606, porte ce
distique :

Nil opus est sculptore : tuos quicumque libellos
Viderit, ille tuum noverit effigiem.

Cela est très-flatteur pour la figure du poète, mais en
vérité ne le serait pas du tout pour ses vers et pour sa
prose, si nous prenions cela à la lettre. Passerat n'est pas
plus beau ici que dans le portrait tracé par la plume de
Sainte-Marthe : l'œil à peine ouvert, la faible distance du
nez à la bouche, l'énormité remarquable du front qui
forme à lui seul près de la moitié du développement de
cette tête, composent une physionomie dont la beauté
n'est pas à coup sûr le principal caractère, mais qui demeure fort originale. Et les plis profonds qui sillonnent
ce visage : on sent que la raillerie s'y loge aussi bien que
la pensée sévère. Beau ou laid, cet homme, qui a été le
contemporain de Ronsard et de Du Perron, nous représente l'aménité même, la grâce et l'éloquence des paroles, le commerce le plus aimable et le plus doux, ce

qu'il y a de plus piquant et de plus ingénieux dans l'esprit. Nous nous y sommes arrêtés avec plaisir, et nous ne regrettons point le temps que nous avons passé en sa compagnie. Passerat, en effet, n'est pas seulement l'auteur de telle ou telle pièce plus ou moins rare, plus ou moins disputée dans les ventes par l'or des bibliophiles ou des bibliomanes, comme on voudra les appeler : c'est le commentateur ingénieux, le disciple exact de l'antiquité, l'interprète savant de Catulle et de Properce, le politique modéré de la *Satyre Ménippée*, le commentateur érudit et salé de Rabelais (1), c'est le poète charmant et vif; c'est un ensemble achevé de poésie, d'érudition et de renommée.

Passerat, une fois arrivé à la position que donne le succès et qui met en vue, ce fut assez tard dans sa vie (il avait tantôt quarante ans), ne paraît pas être revenu beaucoup dans son pays natal, ni y avoir entretenu beaucoup de relations.

Passerat, qui était un savant encore plus qu'un poète, avait probablement lu dans. Philostrate (2) l'histoire de

---

(1) Il le devait être du moins. Des scrupules honorables et mal entendus le décidèrent à brûler ce commentaire qui, rapproché du livre, serait un trésor aujourd'hui. Rabelais ne devait pas être interprété par des esprits de son ordre et de sa race, il était fatalement destiné à tomber dans les mains de Le Duchat. Chose singulière! le docteur Swift avait fait, lui aussi, des notes sur Rabelais, et, comme celles de Passerat, elles ont disparu. (Walter Scott, Miscellaneous prose Works, p. 37.) M. de La Mare avait trouvé, je ne sais où, que les jésuites tenaient sous clé, au collége de Clermont, ces notes de Passerat. J'aimerais mieux cela, les jésuites ont trop d'esprit pour avoir brûlé jamais de spirituelles pages. (Voir les recueils du président de La Mare à la Bibliothèque Impériale.)

(2) Philostrate. Vies des Sophistes, traduites par Frédéric Morel, — un collègue de Passerat au Collége Royal.

Scopélien. Scopélien, qui avait charmé avec sa parole la Grèce et l'Asie, et qui avait fait l'admiration d'Hérode, fils d'Atticus, le plus éloquent des orateurs et sophistes de l'époque, reçut un jour la prière des gens de Clazomène, qui lui demandaient de vouloir bien prononcer dans leur ville quelque déclamation, disant que cela leur ferait grand honneur :

Hoc certe haud inconcinne recusavit, dicens in cavea minime canere Philomelam.

Le mot est dur, et j'ai préféré le citer en latin. Scopélien avait vu tomber deux fois la foudre sur lui sans en être atteint; mais il savait bien que les envies et les petites passions de petites villes atteignent plus sûrement que la foudre.

Les amis de Passerat, c'est Henri de Mesmes et cette noble famille où les sentiments élevés et les généreuses amitiés se transmettent comme un héritage, c'est M. de Pimpont, c'est Alphonse d'Elbenne, c'est Denis Lambin, le célèbre lecteur du Collège Royal, ce sont les poètes Muret, Baïf et Remi Belleau. Son regard, passé une certaine époque, ne semble guère s'être retourné vers le pays qui était le sien, et qui, comme de juste, l'oubliait très-probablement. De cette négligence un peu dédaigneuse, nous ne ferons point un reproche à Passerat. Que serait-il venu chercher au pays? Les bienveillances équivoques, les envies mal déguisées, les hostilités trop marquées. Il a mieux fait de rester là où l'esprit a des sourires, ou l'amitié a des dehors, et quelquefois des effets. Chose remarquable en effet : la province qui n'aime pas que l'on trouble son sommeil, qu'on dérange sa quiétude, acceptera peut-être l'érudition bourgeoise de Grosley et de La Monnoie; jamais vous ne lui ferez accepter un poète sorti de son sein, à moins qu'après avoir fait son tour de l'Europe et du monde il ne lui revienne par la grande voie triomphale. Passerat n'avait pas eu le triomphe; je ne sais si, hors de sa chaire du Collège Royal, il avait eu même le succès : que serait-il venu demander à ses concitoyens? Oh! qu'il a bien mieux fait de rester en compagnie des gens d'esprit de son temps, sous les ombrages de la villa de Mesmes qu'il a si bien chantés, entre les lambris sociables de cet hôtel où il est mort si doucement, et où, après deux siècles et demi, nous revenons le saluer fraternellement!

FIN.

NOTE.

Passerat chez les de Mesmes.

Il n'est guère de chose à laquelle, en y regardant d'un peu près, on ne trouve des complications imprévues. Ainsi Passerat chez les de Mesmes nous est apparu très-simplement sous le rayon de la fortune protectrice et du sourire bienveillant, comme l'être le plus heureux du monde. Il y aurait pourtant à cela quelque correctif si nous nous en rapportons à un passage des papiers du président de la Mare : dans le recueil que j'ai déjà cité une fois, du président dijonnais, je lis ceci, sous l'article 1330 :

« M. Passerat s'étant retiré sur la fin de ses jours en la maison de Henri de Mesmes, seigneur de Roissy, son bon Mecœnas, qui peu auparavant avoit perdu Madame Jeanne Hennequin sa femme, et en étoit indisposé et touché au cerveau ; mais y ayant peu demeuré pour être la femme de Jean-Jacques de Mesmes, S^{gr} de Roissy, son fils, un peu fâcheuse, il alla loger au collège de Clermont, par permission du Roy, et après que les jésuites furent chassés de France, mais avec peu de commodité et implorant souvent la faveur de M. le Chancelier et de M. de Rosny, surintendant des finances, pour être payé de ses pensions de lecteur du Roy. Ledit Sr Passerat avoit joui jusques à environ cinq ans devant sa mort d'un prioré-cure proche Troyes, qui pouvoit valoir cent francs par an, et n'estoit que simple clerc, mais il avoit été dispensé de tenir des bénéfices cures auparavant le concile de Trente. Extrait d'une lettre que m'a écrite M. Camusat, chanoine de Troyes. »

Passerat, d'après cela, n'aurait pas eu le tort d'être trop riche. C'est un tort que les savants et même les poètes — on réunissait quelquefois *alors* les deux qualités — avaient rarement au seizième siècle. C'est plaisir d'être savant aujourd'hui : on a un fauteuil à l'Institut, une Chaire au Collège de France, à la Bibliothèque ou quelque part, des rentes et un cabinet où l'on se tient les pieds chauds. Au seizième siècle on n'avait pas ainsi ses aises ; on pouvait fort bien savoir par cœur son Homère et son Hérodote, son Pindare et son Thucydide, on pouvait être familier avec cinq ou six langues orientales, et mourir de faim, témoin ce sonnet d'Antoine de Cotel sur Louis le Roy :

> Le Roy, c'est un grand cas, vu ton ancien âge,
> Ton savoir, ton moyen, et que tu es mort vieux,
> Que tu n'eus en ta vie un meuble précieux,
> Ni certaine maison, ni le moindre héritage ;
>
> Que l'un de tes pourpoints trotta toujours en gage,
> Si jamais, comme on dit, tu t'en vis avoir deux,
> Et que tu as toujours été nécessiteux,
> Chétif, sans feu, sans lieu, sans buron ni ménage.
>
> La mort donques, le Roy, aux autres dommageable,
> Te servant de repos, t'est d'autant profitable
> Que tu ne seras plus souffreteux désormais ;
>
> Que tu es affranchi de fortune muable,
> Que tu n'as plus besoin de lit, buffet ni table,
> Et qu'elle t'a donné demeure pour jamais.

Henri IV, nous le savons, ne payait pas leurs gages à ses professeurs et lecteurs, et Charles IX faisait là-dessus une théorie ; il disait quelquefois que les poètes ressemblent aux chevaux qui deviennent lâches et perdent leur vivacité dans la trop grande abondance, qu'il faut les nourrir, mais non pas les engraisser.

Heureusement le petit-fils de François Ier, le neveu de la seconde Marguerite ne se piquait pas de mettre d'accord sa pratique avec sa théorie : Ronsard et Amyot ne font pas trop mauvaise figure dans le train de la Fortune en attendant Des Portes. Passerat est moins heureux ; mais aussi, tout excellent poète qu'il est, il n'a fait ni l'épigramme d'Alison, ni le sonnet d'Icare. Après tout, on peut encore, si l'on n'est pas trop ambitieux, se contenter de la fortune qu'il a faite et de la vie qu'il a menée — l'hôtel de Mesmes fût-il aux derniers jours devenu quelque peu inhospitalier — et Passerat se fût-il vu réduit à accepter un asile chez ses anciens ennemis du temps de la Satyre Ménippée. On dut pourtant, à la faveur de l'esprit, s'entendre et se rapprocher : c'était pour si peu de temps !

TROYES, TYP. BOUQUOT.